GAEA

Gaea

夾縫

倪艾翊　著

夾縫

目錄

第一部——常識

第一章

程紹軒人跨在鄒育楨身上，雙手撐著床，左搖右擺地調整著角度。人類一旦褪去了衣物，四肢和頭顱同時活動著，就變得與海狗相似。他一會兒憋氣一會兒喘氣，身子時不時地後傾，扭歪了脖子低頭看，顯然遇到了什麼困難。

「好痛！」鄒育楨喊出聲。

程紹軒卻沒有立刻跳開，而是保持著一樣的姿態往昏暗的所在看去。

鄒育楨伸手推他，「我說很痛！」

他如夢初醒，頭顱冒上來。「怎麼樣？哪裡痛？」

鄒育楨氣憤道：「下面痛啊不然呢！」

「我再試一次。」程紹軒把手伸進覆蓋著兩個身體的棉被裡頭，搗鼓了半天，又回到原來的姿勢，兩隻眼睛對準了茫茫白牆，前後移動著，鼓脹的肌肉暗示著相當的決心。

鄒育楨的身體又一瞬間僵硬起來，十指緊緊地箍進程紹軒的後背。「好痛！算了，我不要了！」

程紹軒吁著氣道：「再試一下！」

鄒育楨瞪圓了雙眼，「不要啦！又不是你痛！」

程紹軒閉上眼仰起頭，雙肩擺動著，「快好了，我找到了。」

「好痛，你走開啦！」鄒育楨想搡開程紹軒，無奈他肩寬背厚又流了一身的汗，猶如件笨重黏軟的行李壓在身上。她又推他，他還是動也不動，她心裡氣惱，又不忍心使出真力道去攆他，只好愈發大聲地抗議。

終於，程紹軒默默地撐起身，躺倒一旁。他的手背覆在額頭上，緩慢地喘著氣，那聲息在鄒育楨聽來是十足的嘆息聲。她背過身去。

沉默蔓延開來，黑暗中只聽見兩人細微的呼吸聲和窗外某種動物的叫聲，一聲蓋過一聲銳利而響亮地穿入房中。

「我們是不是沒辦法？」鄒育楨問。語調平穩，彷彿問的是晚餐的安排。

「可以吧，只是需要一點時間。」

「結婚一年了耶。」

「可能……有些女生會怕吧。」

一股無名火竄上鄒育楨的胸口，她轉頭問：「你怎麼知道不是你技術有問題？」

「不是啊，我看網上就說有些女生會有困難啊。」

鄒育楨語塞，忿忿地把頭埋進枕頭裡。

片刻後，程紹軒咕噥道：「要不要去給醫生檢查？」

「憑什麼？你怎麼不去檢查？」

「我自己來都沒問題啊……妳又沒試過。」

鄒育楨道：「那也不能代表什麼好不好，不給專業的人檢查誰知道！」

程紹軒沒聲響了。鄒育楨又說：「你也不敢吧！」

程紹軒還是不作聲。正當鄒育楨以爲這一晚又要這麼過去了，又聽見他喃喃道：「慢慢試就好了。」

空氣寂寂的，像一條肉眼看不見的線無限地延伸著、延伸著，把人的精氣一點一點地吸噬掉，送往遠方的黑洞裡。鄒育楨再也忍受不了那種被掏空的感覺，說：「你要不要自己弄？」

程紹軒小聲地說：「不用。」

「爲什麼？」

「沒關係啊。」

過了一會兒，鄒育楨又說：「要我幫你嗎？」

程紹軒沉默了一會兒，說：「算了。」

曾有段時間，鄒育楨會主動提出用手幫他抵達高潮，可漸漸地她發現一個規律：往往是在她陷入絕望時會產生這個念頭。和他分享這個發現後，兩個人不約而同地停止了這個行爲。

鄒育楨輕輕地搔程紹軒的脊背，「沒關係啊，我可以。」

程紹軒吐出字句不清的話。從語氣中能判斷是拒絕。

窗外的動物叫聲愈加尖利，一陣陣摧心肝的嘶喊，慘烈得像是正在遭受扒皮抽骨。

鄒育楨焦躁地說：「這是有人在虐貓嗎？」

程紹軒吸了一口氣，又把它咽了回去。

鄒育楨敏銳地問：「怎樣？」

「不是吧。」

「不然呢？」

「叫春吧。」

鄒育楨一聽這話，程紹軒前一秒的欲言又止簡直氣人。然而也就是一轉眼的工夫，他已發出嗡嗡鼾聲。

她獨自在床上翻來覆去，回過神的時候，窗外已久久不聞那淒厲的叫聲。而她還是毫無睡意。

「我們去找婚姻諮商吧。」這是她第無數遍提議，自己卻從來沒有一次當眞。鼾聲止住，她聽見他說「好啊」。

□

鄒育楨和程紹軒是在兩個人所任職的公司業務合作時認識的。但眞要追本溯源，還得回溯到鄒育楨的大學時期。

她大學讀的是國際貿易系，其中一個學期有兩門選修課：專業口譯和國際貿易法入門。她總覺得後者更實用，但因爲從小喜歡英文的緣故，決定先和兩門課的教授聊一聊再做決定。國際貿易法教授的辦公室在校園後方的教學樓裡，三樓的走廊盡頭，狹窄的走道像條蜿蜒的蛇。她敲門入內後，見一個中年男子仰躺在辦公椅上，雙腿直直地蹺在桌面上。鞋子底部對著她，兩片鞋底已經磨平，因爲布滿灰塵而沒有絲毫光亮，全不見牛津鞋應有的凜凜英氣。

也許是下意識地想平衡教授那種散漫的姿態，鄒育楨正襟危坐，兩隻手規規矩矩地放在膝上。教授一開口說的就是時事近聞，其中夾雜了很多鄒育楨不熟悉的專用名詞，她聽得一頭霧水，只能恭恭敬敬地點頭。教授說到感興趣的地方，舞起拳頭，幾滴唾沫飛竄而出，瞪大了眼睛等待鄒育楨反應。她卻只是呆望著他。他終於躺回椅背上，打了個長長的呵欠，問她有沒有什麼問題。

鄒育楨怯怯地問：「畢業後如果想進外商公司，國際貿易法知識會派上用場嗎？還是……主要其實還是『做中學』？」

教授的雙手交叉著，兩眼瞇縫著，像是閉目養神又像是在觀察她。他大嘆一口氣，「小妹妹，妳讀大學，是爲了充實自己，還是爲了應付面試？」

鄒育楨始料未及，只覺得腦海一片空白。她離開後，教授那種語重心長的口吻像熱鍋裡的水在她心裡不斷升溫、沸騰，她也不知道爲什麼。她跑去附近的便利商店買了瓶飲料消火，當下就決定選擇口譯課。後來口譯教授很喜歡她，介紹她去實習，慢慢地她手上的案子也多了起來。自由譯者的薪資雖不算高，同學之間提起來，到底比在便利商店打零工來得風光。

某一天，合作的口譯公司問她願不願意做志工，爲東南亞勞工做口譯。她想起教授曾說過，同樣是英文，每個國家的口音文法卻大不相同，接觸各國的英文語者是極寶貴的實戰經驗。她便接了下來，有時在醫院裡做口譯，偶爾也協助家暴等案子的問訊口譯。

畢業後，她應徵了一家大型外商公司，面試她的是一個英國人和一個新加坡人。兩個面試官都以爲她留過學，稱讚她英文流暢，不怯場。入職後，但凡是需要翻譯的場合她都是主管的首選，也是因而和做數據分析師的程紹軒搭上了線。

兩家公司合作案結束的慶功餐會中，兩人坐在了一起，發現彼此都喜歡英美電視劇，話匣子一下子打開，整個飯局中兩人沒有和其他人說話。就在幾天後，程紹軒傳簡訊說拿到了兩張電影票，問她要不要一起去看，因爲主演是他們在餐會中討論過的新生代演員。一來二去，他們就落入了許多愛情故事的套路之中。

他們從不在社交媒體上曬照、打卡，不熟的朋友甚至一時之間會想不起來他們是一對。然而，單身狗、月光族、手機依存症……現代人能少一項都算幸運的毛病，他們似乎一個也不佔。收入不錯，婚後搬到新建的公寓裡，兩個都是善良上進的好人，外人儘管嘴上不說，心裡也不得不承認：他們是受老天眷顧的寵兒。

誰猜得到他們之間竟有「進不去」的問題。

□

他們的婚姻諮商師是個目測四十後半的女子，他們稱呼她「楊老師」。微鬈的長髮垂肩，無框圓鏡片後的雙眸大得有些不自然。

楊老師見了他們，微微笑，笑容裡卻沒有鄒育楨所期待的悲憫溫度。這使她預先地有點氣惱。

坐下沒多久，楊老師沒有太多寒暄，直截了當地問：「你們遇到的難題是什麼？」

程紹軒自從進了診療室就一直縮在沙發角落裡，像個犯了錯被逮到的孩子。他那個樣子，鄒育楨不得不硬著頭皮做帶頭者，「我們性方面不順利。」

楊老師點了點頭，平坦的雙頰不起一絲波瀾，像是對這檔事司空見慣了。鄒育楨簡單地說明了兩個人所遭遇的困境，楊老師記完最後一點筆記，抬起頭說：「鄒小姐，妳喜歡性嗎？」

鄒育楨一愣，凝在那裡。

楊老師又轉頭看程紹軒，又問：「程先生，你喜歡性嗎？」

程紹軒眉毛一挑，反射性地張嘴要答，話沒說出口人倒是噎著了，咳了半天才望著地板咕噥道：「不討厭啊。」

楊老師說：「不要用雙重否定形式說話。你喜歡，還是不喜歡？」

程紹軒不自在地怪笑起來，「喜歡。」

楊老師微微笑，又看向鄒育楨：「鄒小姐，妳喜歡性嗎？」

鄒育楨察看著楊老師的眼神，說：「喜歡吧……食色性也，正常人都會喜歡吧。」

楊老師溫和地點點頭，「我換個方式問。說到『性』，妳心裡的第一感覺是好的還是不好的？是第一感覺，不要有任何心理負擔地回答。」

鄒育楨的胸口像無端冒出個防撞氣囊，頂住她的聲帶。

「我觀察出妳現在心裡有些感覺，不用多想，是好的感覺還是不舒服的感覺？」

鄒育楨沉默了許久，說：「是堵堵的感覺。」

「謝謝妳。堵堵的感覺，再仔細探索看看。具體是什麼感覺？」看鄒育楨很為難的樣子，楊老師進一步提示，不好的感覺舉例來說有「害怕」、「討厭」、「噁心」等等。

鄒育楨驚訝於楊老師所提出的形容詞在她心中引起的共鳴，說：「噁心。」

楊老師點點頭，「鄒小姐，妳認為自己是具有性吸引力的嗎？」

鄒育楨立刻搖起頭，一側臉頰不由自主地抽動起來。

「和老公裸裎相見時，妳感覺愉悅、期待嗎？」

鄒育楨的腦袋像被清空。她直愣愣地盯著楊老師看。

「我讀了你們填好的問卷，你們都認為自己沒有經歷過性騷擾。那麼，我們不妨從青春期，性意識萌發的時期開始探討。你們還記得自己中學時期的事嗎？」

□

鄒育楨坐在電腦前，打算把和楊老師的第一次會面記錄下來，想到自己在談話中蹦出的那句話，鍵盤上的手指停止了動彈。

噁心——

鄒育楨每次氣極了，能想到的最惡毒的話就是「噁心」。

眞是有夠噁心！他怎麼可以做這種噁心的事啊！

「噁心」二字從丹田發出，咻地穿過聲道，竄出唇齒，直刺敵人心臟。甚是痛快。

是什麼時候開始，「噁心」二字在她心裡生了根？

天晴的時候最怕沒有一點雲，烈陽全無篩濾地灼曬著大地，天羅地網似地罩住人。學校偏偏在那天領著班級去海洋館，下午還安排了海邊活動時間。鄒育楨至今記得那火辣的熱度射在皮膚上的滋味。她塗了防曬霜——但一層薄薄的膜就能抵擋住那樣強烈的紫外線嗎？她不信。可是大家都這麼說，她一個人的想法也堅定不起來，只能乖乖地學其他人把它塗滿全身，蹲在火燒似的烈日下揀貝殼。最壞的情況是破一層皮，當然可以事後保養，但損壞的部分是無法復原的，肉眼看不出來罷了。

終於等到活動結束，大夥兒回到大巴停駐處，卻發現司機並不在大巴裡頭。腳下的水泥地冒著滾燙的熱氣，地面上映出的清晰人影隨著人體而移動。同學們的衣衫因汗水而出現色差。鄒育楨頻頻瞥往密閉的大巴內部，想像著裡頭該是多麼悶熱。

過了很久，司機從遠處慢騰騰地走來。

同學李玉榮嘀咕說：「靠，一看就是剛睡醒的樣子，上班睡什麼覺啊！不是說四點集合嗎？這麼熱的天讓我們在戶外等。」

身後一個聲音笑嘻嘻地說：「晚上沒睡好吧。聽說這個司機剛新婚不久。」

李玉榮怒斥道：「李玉琴妳怎麼變得這麼噁心啊？」臉上是厭惡到了極點的表情。

李玉琴頓失笑容，像一彎彩虹猝遇暴雨。這兩個人是孿生兄妹，湊到一處總要鬥嘴幾句，誰也不讓誰，卻不曾有過這樣不客氣的辱罵。李玉琴面對攻擊毫不還手更是頭一遭。其他人默然不語。

鄒育楨想明白那對話的含義時，原本燥熱的臉又像淌過熱水般反倒一陣冰涼——女生卻開黃腔，李玉琴眞是拉低了全體女生的氣質。那句恨聲恨氣的「噁心」像一記重錘，敲得鄒育楨抬不起頭。

當晚，鄒育楨洗完澡，躺在床上翻看著同學們的部落格。循著頁面上的推薦連結，她點進一個又一個不熟識的同學的部落格，讀到一則日記：「幹，魏青青妳滾遠點，竟然說喜歡我，眞是有夠倒楣，妳明明是女生卻看A片，妳噁不噁心？」

背脊一個激靈，鄒育楨忙跳出視窗。

女生竟然會看A片？這是眞的嗎？

更令她怵目驚心的是那句不客氣的指控：女生卻看A片，噁不噁心？

魏青青這個人她知道，在學校裡雖然沒有交流過，但經常遠遠地就聽到她的聲音。那是個活潑的女孩，和女生男生都打成一片，常常大呼小叫的，但鄒育楨並不討厭她，因爲她臉上永遠掛著開朗的笑容，對不熟的同學也投以燦笑。

現在再憶起魏青青的臉，鄒育楨卻撇開頭，像不忍直視一張人皮被扯下後的獸身。這男生怎能如此不留情面？在公開平台上指名道姓地揭人隱私。往後魏青青還怎麼在校園裡生存？鄒育楨決定把所看到的內容埋藏心底，永不提起。若有人問起來，她也會裝作一無所知。

鄒育楨驚訝地發現，時隔多年，這些情景恍如昨日，甚至是經常地無預警地冒出腦海。在她走路的時候、工作的時候、洗澡的時候。闔上電腦，鄒育楨起身去廚房泡上一杯玫瑰花茶，再回到沙發上繼續回溯那段青春歲月。

李玉琴和鄒育楨曾做過一個學期的同桌。兩個人感情要好，上課時會偷偷傳紙條，課間會挽著手一起去廁所。李玉琴有部最喜歡的動漫，刻畫一群青春正盛的大學生追求理想的故事。她生日那天，鄒育楨買了動漫的改編小說作爲生日禮物送給她。李玉琴非常高興。

隔天，李玉琴卻一臉驚懼地和鄒育楨分享讀後感。「這本書跟動漫不太一樣！」

「怎麼樣？」鄒育楨無法想像什麼差別足以令朋友生出這樣恐慌的反應。

李玉琴的眼睛骨碌碌地轉，「它裡面寫了……寫了男女主角戀愛的情景。」

鄒育楨雖然沒看過動漫，也知道故事裡的兩對男女角色互懷好感。她不懂這有何不妥，只能靜待朋友揭露下文。

「裡面還寫到——」李玉琴壓低了聲音，輕呼道：「寫到接吻的畫面！」

鄒育楨立刻緊閉唇。她直覺出某種危險，而這種時候，沉默永遠是上策。她初次在某本書裡看到「吻」字時，明明是生平第一次看到那生字，不知道爲什麼卻一眼感應出它的讀音和含義。明明只是一個字，她卻久久地盯著它看，反覆地讀著上下文。

李玉琴抿住唇，像死死地守著某種界限，最後才皺緊了眉頭罵道：「它寫得很具體——如果、如果是比較好色的人！看了會受不了的！」

鄒育楨低下頭，不作聲。

「很噁心耶！」李玉琴露出作嘔的表情，和哥哥李玉榮在外貌上的相像之處忽然變得醒目。

手中的茶杯已涼。鄒育楨從沙發上起身，去廚房拿出小鍋子，煮起水來。

已經很久沒有和李玉琴聯絡了，也不知她現在過得好不好。還記得當年鄒育楨經常笑她頂著個馬桶蓋髮型，而她總是生氣地回嘴說，明明是櫻桃小丸子。她是個朝氣蓬勃的女孩，印象中唯一吃過的癟就是全班去海邊那回，彷彿是自知理虧，只能任人裁決。

也不是沒遇過暢談性愛的異類。

「我脆弱的心靈受了傷！」魏青青像塊巨型果凍趴在課桌上扭動著。

幾乎每個班級都有至少一個這樣的女生，她註定不受人歡迎，存在於班級主要圈子之外，若運氣好，能交上朋友，那對方必定也是個不折不扣的邊緣人。比起朋友，她們更像同盟。相似的外貌使她們在別人茫茫的人生閱歷中重疊成同一個影像。她腦筋好嗎？無人關注。她的興趣是什麼？無人關注。身材肥胖，及肩短髮，T恤長褲，天不冷也穿外套，上體育課時臉色尤其難看。

國一的英文課，老師讓同學們閱讀短文後分享浮現在腦海中的第一個詞彙。不求邏輯清晰，只需要碎片式單字，之後再延伸探討即可。教室裡響起「夢想」、「自由」、「歧視」等等詞語，唯獨魏青青一個人咯咯笑了笑，說：「摩鐵」。

後來，鄒育楨和魏青青加入了同一個社團，兩個人慢慢地有了交流。一天，魏青青冷不防低聲問鄒育楨：「我眞的很好奇『那個』是什麼感覺。妳覺得男生抬得起我嗎？」

逼近的臉呼著熱氣，雙頰油光滑亮。

難道性慾也會根據載體而漲縮嗎？

鄒育楨想起早在國小二年級，自己就聽班上男生大咧咧地告訴老師他所聽到的關於「做愛」的解釋：「男女生裸體，餃餃貼餃餃，雞雞貼鮑魚，就是『做愛』。」鄒育楨才不信世間有這等荒謬事。可老師垂下眼皮不言不語，竟也不罵他！就任由他說那些亂七八糟的話！而魏青青是第一個讓她覺得不像話的程度不輸給男生的女生。

「問你，如果你被灌了十瓶春藥，和她被反鎖在一個房間裡，你會上她嗎？」班上男生悄聲討論著。

被提問者大罵一句髒話，說：「饒了我吧！」

窸窸窣窣的聲音繼續說道：「那如果是她被灌了春藥，要上你，怎麼辦？」

髒話飆得更使勁，像集結了全身的力氣。「幹！那坨東西！再有春藥加持！也不必替我收屍了！骨灰都不剩！」

一個疏忽，鄒育楨感到自己嘴角漏氣。耳邊聽見自己的低笑聲。上課鈴響起，魏青青從教室外面回來，坐到了和鄒育楨隔著走道的位子。鄒育楨忘了帶圓規，開口向她借，卻見她像落枕般僵直地面向前方，兩片嘴唇緊緊地閉著，像繃直的橡皮筋。

鄒育楨問道：「妳還好嗎？」

魏青青不看她，也不言語。

她們從此再沒說過一句話。

在那以後，每每聽到或看到圓規尺規等物，鄒育楨都會陷入深深的愧疚感當中。

□

「妳怎麼了?臉色那麼難看?」

鄒育楨抬頭，一張熟悉又陌生的臉正愣望著自己。片刻以後，她意識過來是程紹軒出現在她眼前。她說：「沒什麼，我想記錄一下跟楊老師的談話。」

「不睡覺嗎？」

「你先去吧。」

程紹軒立在原地，遲疑的目光像是在猜測她是眞心要他走，還是期待他留下來陪伴。

「你先去啊，我等一下就去。」鄒育楨巴不得獨處。此刻正徜徉在她腦海中的，並不是塵封多年的往事，相反的，她很驚異於那些記憶的來訪頻率之高，昨天來過，今天也來過。

程紹軒聽她語氣堅定，才轉過身走回臥房。

李玉榮，那個聲音很大，不可能被任何人忽略的男孩。

上電腦課，同學們分成兩兩一組，鄒育楨和李玉榮被分到一組。坐在電腦前，兩個人按照老師的指示搜尋資料，李玉榮按下「圖片」標籤，一個視窗跳出來，他「喂」了一聲就抓住滑鼠手忙腳亂地亂按了一通，把視窗關掉。

鄒育楨本來沒來得及看清楚內容，李玉榮的緊張態度反而令她疑心，不由得努力回想上一秒出現在眼前的畫面。似乎是一堆橢圓形物，根棒狀，像極香腸，膚色……答案了然於心。滯留在腦海中的視覺印象裡，另有氣球般膨脹的乳房圖片。

李玉榮向來調皮搗蛋，經常是隨口的一句玩笑就能把女生惹惱，剛剛卻儼然一副保護者的姿態，彷彿鄒育楨是個脆弱的公主。那種二話不說的挺身而出完全出乎她的意料。某種兩性之間不容置辯的常識，在那一刻忽然清晰無比。

李玉榮彆扭地說：「呃，老師叫我們查什麼？」

鄒育楨閃動著睫毛說：「細胞的圖片。」她聽見自己的聲音比平時嬌柔好幾倍。

因爲教學進度快，距離下課前還有些時間，老師便爲同學們播放文學作品的改編電影。播放到一半，男主角脫下了褲子。鄒育楨立刻喊出聲：「那是什麼！」以辯白的口吻。

老師噗嗤一聲笑出來，同學們也個個轉過頭來望著她，眼裡是不信任和鄙夷的笑。鄒育楨收住表情低下頭，耳根發燙。

電影繼續播放著，衆人的目光也回到不斷閃動的電視畫面上。鄒育楨卻只感到教室裡的空調呼呼地往身上吹，犀利而透心涼，像是要剝下她的一層皮，讓她藏無可藏。

她曾在美容院裡給一個年輕男孩洗頭。她閉眼，感受著溫水流過髮際、下頷。忽然觸電般，男孩沖洗著泡沫的手指往她耳穴裡鑽動，左右前後伸縮著，穿插於其中凹槽凸面。她全身的神經咻地集中到了那兩塊不曾留意過的部位。上過多次美容院，她從未遇過這樣洗頭的人。她憤怒又羞恥，但要大聲抗議，人家也不過在洗頭，她倒成什麼了？於是她死死地閉著雙眼，口乾舌燥之中調配著所有意志力壓下嚥口水的衝動。

她把這件事徹底忘了，直到有一天和姊姊兩個人走在大街上，她注意到姊姊的耳環上停駐了一隻小黑蟲，便向那條蟲子用力吹了一口氣。

姊姊猶如觸電般猛地蓋住自己的耳朵，睜大了眼睛瞪著鄒育楨。

鄒育楨解釋道：「剛剛有蟲子！」

姊姊深深地盯住鄒育楨的眼睛，像要探查她是不是說謊。

「幹嘛啦？」鄒育楨不明就裡，有點生氣。

姊姊不作聲，轉頭回望前方，緊繃的臉是掩不住的屈辱。

□

噗噗噗，鍋蓋震動起來，和裡頭的沸水爭相發出的嘶嘶嘶、咚咚咚聲將鄒育楨拉回當下。她關火，掀開鍋蓋，把凍頂烏龍茶包扔進去。姊姊的聲音冒上來：「跟妳說過多少遍，不是所有的茶都要用水煮。」

鄒育楨永遠分不清究竟哪些茶該用多少度的水沖或煮。姊姊愈是教訓她，一切愈是在她腦海中變得混沌一片。唯一遺留下的後果就是每每煮茶總有那麼點暗暗心愧。與在家中不同，公司的茶水間裡只有水壺，喝茶時也就沒那麼多煩惱了。壺口洩出熱流，把茶包灌得失了形，一杯茶頓時出現。唯此作用足矣，人人滿意。

「喝茶啊？」

鄒育楨抬頭發現是同事小婕，臉上正掛著有些勉強的笑容。

鄒育楨問她：「發生什麼事了嗎？」

「就蕊秋啊！她第一個案子跟我同組，剛才帶她去開會，跟客戶高層見面，她見了人，腰也不彎一下，鞠躬都沒鞠躬！開會時居然還發表意見耶！」

蕊秋是留學歸國的新進人員，鄒育楨作為部門的人事擔當，負責在她加入的前三個月帶她熟悉公司環境和業務。

鄒育楨問道：「發表意見？」

「對！也太大膽了吧！客戶的情況我雖然都跟她對過一遍，但她根本還不熟，竟然第一次參加會議就說東說西的，太輕率了吧！」

「那她說錯了什麼嗎？」

小嬅嘖了一聲，「是沒有啦，可是我就一直超緊張的啊，怕她講錯話！那可是大客戶耶！她以爲是在學校裡跟老師聊天喔！太大膽了！想出風頭也不用這樣吧！我看啊，明天根本也不需要我向客戶介紹她，她大概都會自己來吧！」小嬅頓了頓，又張大眼睛說：「還有，妳看到沒有？她那身衣服，是上班該有的樣子嗎？」

鄒育楨往外頭的辦公區域瞥去，假作查看的樣子。其實，她一大早就發現了。

一身藏青色的無袖連身裙，將蕊秋豐臀肥乳、楊柳腰枝的好身材展露無遺。一舉手一投足，胸前就如有巨槍跟著轉向，槍口對準誰，誰就得瞇縫起眼別開頭去，也分不清是逃過一劫還是當場斃命。走起路來就更不得了，那沙漏般前凸後翹的身形在死板的辦公室景物中脫穎而出，整間辦公室裡唯獨她是女體，其餘女生通通淪爲智人。

鄒育楨正朝著茶水間門口望，雯雯和羽薇在這時候走了進來。聽衆一多，小嬅更是把眉頭皺得如水餃封口一般，「她是不是把這裡當走秀伸展台啊？」

羽薇立刻會意過來，呵呵笑了笑。

雯雯則是她一貫的漠然表情，斜看向坐在落地窗邊的蕊秋，說：「又沒怎樣。」

「沒怎樣？拜託！公司雖然沒有嚴格規定我們的穿著，還是要有自知之明吧！穿成那樣是要給誰看啊！」

鄒育楨原先便是對蕊秋有什麼看法，見小嬅義憤塡膺到了這個地步，反倒什麼看法也沒有了。說到底，裸露談不上，雖是無袖，領口很高，裙襬及膝，褲襪包裹著雙腿。

小嬅顯然不滿意於同伴們如此平淡的反應，說：「已經不是一、兩天的事了，她明天再這樣，我一定要向人事部告狀！」

羽薇一聽，正色道：「我勸妳不要。她的確沒怎麼樣，其他人也沒說什麼，妳一個人當出頭鳥，到時候沒人挺妳，妳反而討了沒趣。」

雯雯悶哼一聲，「就是。人家好好工作，大家對她的評價也很高。」

「拜託！用膝蓋想也知道是看她漂亮好不好！那群臭男生！」小嬅說著，臉上出現幾條摺線，乍看之下像傷疤。

「欸妳們看，中午誰吃了魚子醬？」雯雯指著一個角落說。

羽薇和鄒育楨循著她所指的方向看去。小嬅不甘心話頭被岔開，慢了一拍才跟著大夥的目光望向垃圾桶中的罐頭。裡面呈現斑斑黑點。定睛一瞧，明明是鮪魚罐頭。

羽薇倒抽一口冷氣，「什麼魚子醬！是蟑螂蛋啦！」

小嬅和羽薇都叫起來，引得鄒育楨跟著一跳。

雯雯道：「幹嘛啦！還不都是蛋！」

「拜託！能相提並論嗎！」

第二章

小盹後的程紹軒下體勃發著，傍晚的天色把臥房染成一種碧清的昏暗，兩個人放鬆地緊貼著彼此互相廝磨。程紹軒的觸摸由柔情轉爲激情，令人一心想陷於其中。

鄒育楨的爸爸總令她想起張愛玲筆下的「孩屍」。在家時人釘在沙發上，對著電視喃喃自語，聲音忽大忽小，前言不搭後語，旁人不備時猛地大叫一聲「酒呢？」那還是好一點的情況，若是股票跌了，那就是看見誰，手中之物就砸向誰：哥哥左邊眉尾的疤就是瓶蓋刮傷所致。

偶爾有過幾次，他邏輯清晰又心平氣和地和鄒育楨說話，都足以讓她生出無限的希望：他是能作好一個父親的。然而那種希望總是短命，漸漸地，反而被另一種不服的情緒取代——總歸是他說了算，就憑他那些零碎的鎮靜片刻，她就應該將他的瘋癲行爲一筆勾銷，否則倒成了她的記仇，她的不是。

而程紹軒性情平穩，和他相處常使鄒育楨陷入一種迷幻當中：這就是家的感覺嗎？

程紹軒的吻落在她肌膚上的各個角落，她的神經敏銳起來，感受著作爲一個活生生的人去索求激情的能力。她伸出雙臂，沉浸在當下的幸福中。也許程紹軒也爲她反常的熱情而驚喜，氣息變得短促，一隻手悄然伸進她的上衣裡頭。

被人接納的感覺眞好，自己的呼吸和肉體能在另一個人身上掀起波瀾，撩撥著他，挑動著他，由著自己來探索他不示於別人的、天光之下遭到掩藏的最臊人的祕密。

當陣陣快感來襲，鄒育楨感到自己囫圇地充盈起來，像受到陽光照耀而生氣蓬勃的植物，果肉豐滿，渴望著更多能量。四下無人的空間裡，望著對方展露忘情的姿態，臣服的表情，那是在別處無從獲得的東西。她竟有這麼大的魔力？還能再往上攀嗎？下一步會是怎樣的景觀？

程紹軒就要探入她的身體裡時，她卻一驚，本能地夾緊大腿。程紹軒早已經習慣了這樣的規律，依舊在那布滿防備的空間裡前進。但他的力道令鄒育楨慾望減半，取而代之的是住在體內另一個靈魂的覺醒、出竅，縮在角落裡虎視眈眈地監視著一切。

攻防兩方僵持不下，磕磕碰碰之中，鄒育楨感到下體正不合作地褪去迎接程紹軒的潮汐。或許是彼此都害怕再次經歷失敗，程紹軒尋了個空隙就鑽進他所欲求的窩。

兩個人都鬆了一口氣，同時暫停了動作。一股奇妙的溫熱如同海面上的霧氣包覆著鄒育楨，但幾乎就在同時，一股巨浪從反方向撲捲而來，將她打回原處——是她貪玩過了頭，這就得迎來懲罰。而比起懲罰本身，越了線的羞愧感將她最初的良好感受沖刷得一點不剩。

程紹軒對於她內心的變化顯然一無所知，只管趁熱打鐵，大幅地擺動著腰部。大難降至的心境無聲無息地盤據鄒育楨，她的下體隨之熱辣而疼痛起來。程紹軒卻在奮力的摩擦中尋到了熱切的快感，兀自恣意地扭晃著，和她早已分處在兩個不同的世界裡。那落差形成一道隔閡，令她更加冷卻。她把心一橫，乾脆攤平四肢，關閉自己的所有感官。

這就是性嗎？鄒育楨望著天花板自問。一次次的前後抽插，如同腳底按摩師傅用關節揉推著她的腳趾，明明是削骨般的疼痛，只因爲深信它有益健康而默默地承受到底。如果忍受腳底按摩是爲了健康，忍受性愛又是爲了什麼？爲了滿足另一半？爲了不讓自己偏離「正常人」的範圍？

某部小說裡，女主角遭人打昏性侵，作者用了「艷屍」二字形容她的慘狀。當時讀來嚇人，可此刻被人壓在身上，認命地等待終結的自己，難道與之沒有絲毫共性？

程紹軒驟然停下動作，喘著氣低頭問：「沒感覺？」

「還可以啊。」她說謊。

這個答案滿足了程紹軒，他又動起來。

面對他的出力，鄒育楨生出愧意，伸手擁住他寬厚的背，閉上眼，努力讓自己感受任何細微的快樂。程紹軒受到了鼓勵，加速起來。卻只是單一的動作不斷不斷地重複，像齒輪一樣喀嗤喀嗤，勤勉而枯燥地運作著。許久後，他垂下頭。「今天先這樣？」

鄒育楨點點頭。

程紹軒倒下身，疲憊地伏在枕頭上，發出滯重的鼻息。鄒育楨側身攬住他的肩背，知道今晚又將迎來獨自失眠的時光。

□

楊老師今天一樣給人一種說不出是精神還是慵懶的感覺。神祕的目光好像對人一無所知，預備細聽衷腸，但無論聽見什麼又都在意料之中。一頭波浪鬈髮束了起來，新換的狹長鏡框卻使得她的一雙圓眼睛顯得有些不倫不類。

「恭喜你們，邁出了一步。」

鄒育楨羞赧地笑了笑，隨即狐疑起來，「一步？」

楊老師笑而不答。鄒育楨只好又問：「這……不就完成了嗎？」

楊老師把筆記本放了下來，說：「妳對你們的性關係滿意了嗎？」她笑了笑，雙手合十，「看妳的樣子，似乎並不滿意。」

「也，也沒有不滿意吧，就那樣吧。」

楊老師正眼看著她。「是滿意，還是不滿意？」

鄒育楨握緊的雙手互相摩擦著。

「妳的感受是什麼？」

「楊老師，可能……我還沒習慣。多、多做幾次……」她面頰發燙，「就會覺得舒服一點。」

「理想的情況下是的。」

話裡顯然有內容，鄒育楨不由得問：「所以……有些情況下也不是？」

楊老師點點頭。「很多人對性愛的認知來自於電視，尤其是歐美電影裡常見的親熱鏡頭，所以會形成一種認知，性愛應該是極度痛快的，讓人不能自拔的。」

程紹軒乾笑著，兩個肩頭像錯了位的墊肩晃動著。

「那樣的性愛也不是沒有，但不是所有人都能頻繁經歷就對了。」

「那麼……一般情況是怎樣的呢？」

楊老師微笑起來，「每個人的情況不同。妳不妨說說，妳的體驗是怎麼樣的？」

「其實也沒什麼……就是，沒有太多的感覺，不會覺得非常快樂。」鄒育楨的眼神滑向程紹軒又滑向楊老師，見楊老師並無訝異之色，黏在膝上的拳頭才鬆開來。

楊老師又問：「沒有太多感覺，是嗎？我覺得妳有些緊張的情緒。」

鄒育楨愣了愣，結結巴巴地說：「就、就是會不舒服，不是很好的感覺。」

「鄒小姐，暫且放下性不談，在和老公親吻、愛撫時，妳也會有不好的感覺嗎？」

鄒育楨搖搖頭。

「妳和先生親密接觸時，感受過慾望被滿足嗎？換句話說，妳得到過性快感嗎？」

程紹軒的嘴角發出嘶嘶怪笑，低頭撥弄著手錶鍊釦，目光含著不安投向鄒育楨。

鄒育楨深吸一口氣，說：「有啊……其實……很多時候，還是會有……」

「那麼，分界點在哪裡？」

「分界點？」

「具體是進行到哪一步，快感就消失了？」

□

整個幼稚園裡，鄒育楨跟小慧最要好。回想起來，鄒育楨從不知道她的全名，只是喚她「小慧」。

她們並不是一拍卽合，而是因爲兩個人的媽媽都上班，每天下午其他小朋友都走光了，只剩她們倆還留在教室裡看電視。Mary老師把她們安置在遊戲房裡看卡通，往往是陪坐一會兒就離開，等媽媽快來接人時才會再度出現。

Mary老師一走，小慧屢屢瞥向門口，確認沒有動靜後就拾起遙控器。「不要看那種小孩子看的東西！看這個！」

轉台後，電視播放的是一部武俠片，女角多著雪白緞袍，跟仙女一樣漂亮。刀光劍影、唇槍舌劍的精彩片段接連上演，令人目不暇接。但令鄒育楨最難忘的，是女角遭到點穴的場景。

台詞她聽不懂，但男角的姿態是威逼之中含著調戲，而動彈不得的女角憤怒地嬌嗔著，透著一股掩不住的歡愉。那種奇形怪狀的快樂烙印在了鄒育楨心中。這類劇情播放時，鄒育楨和小慧之間安靜異常，兩個人一眨不眨地盯著螢幕看，耳裡灌進女角的嗲聲抗議，令人忐忑又亢奮。鄒育楨瞥見小慧的喉頭上去又下來。令她跟著口乾舌燥起來。

鄒育楨沒有告訴小慧，她看過更激烈的畫面：一個女孩被一個男人囚禁在房裡，吊掛在半空中，男人拿著一把小刀往她纖白的手臂上滑動，臉上掛著猙獰的笑。女孩用力掙扎，大聲怒罵。可怕的畫面令鄒育楨無法別開目光。

後來兩個女孩發明了一種新的遊戲：輪流滾動對方。被滾動者躺在地板上，四肢筆直地緊貼身側，形成壽司般的姿勢，由另一個人從教室一端滾滾滾，滾到教室對面，再從對面滾回原處。

任由別人擺布主宰，激起一種隱祕的卑微快感。

輪到鄒育楨作滾動者時，她看到小慧時而閉目時而睜眼直直地盯著天花板，就是不和自己目光交會。她不禁想：我被滾時，也是這副怪模樣嗎？她甩頭，不願追究。小慧也不會追究自己的。

有時兩個人玩著玩著吵起架來，其中一個人便會冒出一句恐嚇的話：「等一下我不滾妳了。」此話一出，爭執的火焰就會立刻消下去。誰也捨不得放棄這遊戲。

更絕的一句恐嚇是：「我跟大人說妳喜歡玩這個。」

明知道彼此是同一條船上的人，如果眞的告狀誰也脫不了干係，被恐嚇者還是會爲之顫慄，就算嘴上不說什麼，兩個人也會立卽和好如初。

玩這個遊戲是大罪，喜歡玩這個遊戲是更大的罪。

回想起來，鄒育楨一生中交過很多好朋友，最親密的時候總要交換一些最深的祕密，並且發誓永不洩露給第三個人。但和小慧之間的遊戲，或許是她唯一眞正沒有對第三個人透露過的祕密。

□

鄒育楨作爲蕊秋的入職指導前輩，接連幾天都和她一起吃午餐。這天是週五，她剛剛從位子上起身，小嬅走來說：「今天也不跟我們吃飯嗎？」

「喔，我約了蕊秋，不如大家一起？」

她們去的是公司附近的一家西式簡餐店，步行不過五分鐘的距離，供應蕃茄義大利麵、蘑菇濃湯等吃食，味道談不上令人難忘，胃口不好時卻容易想起它來。

點好菜以後，蕊秋精神奕奕地問起羽薇和雯雯的職務內容，熟練得像個資深主持人，而她們倆許是有種被反客爲主之感，答得有些拘謹，倒像是剛出道不久還沒習慣上鏡頭的藝人。一頓飯吃得比平時要快，結束後小嬅說：「要不要去『元氣』買喝的？」

蕊秋說：「好啊！聽名字就好可愛！」

五個人走著走著，和雯雯並行的蕊秋忽然停下腳步，說：「我可以進去一下嗎？」

其餘四個人抬頭一看，臉僵住。粉紅色的櫥窗上掛滿鐵鍊和繩索，店門招牌上的貼紙是個窈窕身影，橫排寫著「成人用品，包你高興」。

小嬅的臉一下子綠了。「妳在講什麼啊？」

「我很快！」蕊秋笑嘻嘻地扔下這麼句話就跑進店裡去。

小嬅急忙穿越馬路躲到一個騎樓底下。另外三個人也匆匆跟上去。

小嬅頻頻拿起手機看時間，又頻頻環顧四周。「搞什麼東西啊？她有病嗎？如果我們被公司的人看到怎麼辦？跳進黃河裡也洗不清好不好！」

「還好啦，我們站在這……」羽薇邊說邊抬頭，「『豬式包子』。就說午餐沒吃飽就好了。」

「拜託！人家鐵門都沒開，誰會信啊！而且根本也不是這個問題好不好！她是不是腦殼壞掉啊！」

蕊秋終於從店裡走出來，不見同伴們的身影，便東張西望起來。

「蕊秋，這裡。」羽薇擦著額角的汗輕喊。

蕊秋走來，「抱歉抱歉！沒有等很久吧？我跟男友剛分手，最近晚上很難熬，嘿嘿。」她舉起手中的紙袋在羽薇眼前晃了晃，羽薇忙躲到鄒育楨背後。「最近廣告打得很厲害耶，聽說震動超綿密，一點都不會有不適感喔！走吧，『元氣』在哪裡？」

「沒時間了啦！回公司！」小嬅氣得下頷打顫，扭頭就走。

鄒育楨呆呆地尾隨在後，滿腦子都在想，蕊秋大概永遠也不會遇到自己和程紹軒所遇到的問題。

蕊秋來了這麼一齣，晚上的燒烤之約鄒育楨也不敢提議邀請她了。

小嬅是四個人當中年紀最大的，夏天結束時即將步入三十五歲。她和現任男友交往了五年時間，是一南一北的遠距離戀愛。每次聊起男友，她總是牢騷多過讚美。

「他週末沒工作，我居然是昨晚跟他講電話才知道的！他也不早講！現在要見面也來不及安排了啊！」

燒烤架上的肉開始滋滋作響，一片片牛五花的邊緣出現誘人的金褐色，鄒育楨拿起夾子翻動著。

羽薇說：「可能是比較迷糊吧，所以才需要妳幫他打理啊，妳是他的貼心祕書！」

小嬅大喊一聲「拜託」，但臉上總算浮現些微笑意，今日份的宣洩也就此告一段落。她話鋒一轉，說：「妳們覺得哪個女明星最漂亮啊？」

羽薇說：「我覺得謝珍珍很漂亮。」

小嬅嚷起來：「拜託！她小三耶！」

若不是小嬅提起，鄒育楨早把這陳年八卦給忘了。當年某影星在事業巔峰期和太太離婚，不久之後和另一個電影明星謝珍珍結爲夫婦。關於婚外情的揣測和評論滿天飛，前妻「小芬」從頭到尾沒做任何回應，之後她自己也經歷兩段婚姻，最近又恢復單身。

羽薇訥訥地說：「對……我每次看到她也會想到這個……」

鄒育楨道：「我覺得小芬也很漂亮啊。」

「她？她漂亮嗎？」小嬅愕然。顯然，她不只對「小三」不滿意，對「原配」也並不滿意。

羽薇點頭，「我覺得小芬也很漂亮！」

小嬅噘起嘴道：「還好吧……我總覺得她哪裡有問題。」

雯雯興趣盎然地挑起眉毛，「什麼問題？」

小嬅的臉霍地冷峻下來，「她留不住男人。」語氣像法官給犯人下最終的審判。

羽薇說：「可是，她最近要結婚了！」

小嬅略怔了怔，不以爲然道：「反正我就是覺得她有問題。」

衆人不再言語，話題就像壁虎忽然地斷了尾巴。

氣氛剛剛沉靜下來，小嬅又想起了什麼似地大力地搖起頭來，烤肉夾從碟子上倒向桌面都沒發現，目瞪口呆地說：「妳們能相信蕊秋今天做的事嗎？我眞的是！是我老了，跟不上時代了嗎？」

鄒育楨發現，不知道是什麼時候開始，四個人聚在一起時總免不了要提到蕊秋，她就像是露營的篝火弱下去時的完美木材。

「我真的震驚了！不懂分寸也要有限度吧？我真的無語！」小嬅張大的嘴哆哆嗦嗦，「真的沒有語言形容！還有，妳們有看到她早上是怎麼跟老闆講話的吧？她到底有沒有把老闆當老闆啊？我當時已經很受不了了！沒想到還是我驚訝得太早了！」

鄒育楨當時也在場。

老闆搖頭嘆息道：「哎呀，年紀大了，晚上十點半就呵欠連連。」

「十點半？也太遜了吧！」一個響亮的聲音說。

老闆臉上的笑容停格。

周圍一票人的表情也僵住，獨剩蕊秋還咯咯地笑著，兩隻眼睛烏溜溜地瞅著老闆。

老闆對上她的目光，頓了頓，笑出聲，「好，好，妳最年輕！」

眾人同笑。至今從來沒有人敢這樣調侃老闆，蕊秋是頭一個，開先例的。

還沒等其他三人發表意見，小嬅的手機震動。她點開一看，臉上霎時綻放光芒，雙眼彎成月亮狀，顯得天眞又可愛，像個不食人間煙火的少女。

她嗔道：「我爸不知道怎麼回事！忽然問我跟男友的結婚計畫！」

羽薇一聽，起鬨道，「哇！哇！」

小嬅樂不可支地叫著：「什麼結婚啊！眞是的！哎喔！」顯然已經把蕊秋的種種不是拋之腦後了。

鄒育楨不懂，父親的一句詢問何以讓小嬅如同被男友求婚了一般。她偷眼看另外兩個人，想確認自己是不是錯過了什麼深意，見雯雯正板著一張臉，嚴肅的模樣在歡樂的場合中很是突兀。

這不是雯雯第一次如此——聊到戀愛相關的話題，她的眼皮就疲倦地低垂，嘴角下撇，嗤之以鼻似的。羽薇嬉笑的目光溜到她那兒就像撞上了一堵牆。只有小嬅一個人渾然不覺，自顧自地談笑著。因爲四個人之中就雯雯一個單身嗎？她從不提起情愛之事，平時的興趣愛好除了看影劇之外就是照顧家中的盆栽。

四人之中羽薇最早婚，大學還沒畢業就把婚結了。鄒育楨參加過羽薇的家族聚餐。那是出於偶然，她走進一家四川料理店，服務生走來告訴她已經沒有位子，她的餘光正好瞄見羽薇，而羽薇身邊的長輩們注意到了兩人間的眼神交流，便招呼鄒育楨一道入席。她哪裡想湊這熱鬧，無奈一桌子的人已經七嘴八舌地又是讓出位子又是招呼碗筷，她只得乖乖坐下。

吃著吃著，被稱爲阿嬤的長輩先開口。

「不是開玩笑，人都會老啦，還是需要小孩照顧啦。多補補，加把勁。女孩子的身體喔，等不了。」

「沒關係啦，還年輕啊，很漂亮啊，老公很喜歡啦。」

「趁現在啦，不要等。」

「年輕的時候喔，各方面還是都比較好，反正也甜甜蜜蜜的啊。」

無數雙眼睛笑咪咪地地朝著羽薇看，一句句異曲同工的話語交疊著，羽薇微笑著。和生子，和先生沾上了邊，女人的性事就迎來出頭天，成爲一件光明磊落的事，得以被搬上餐桌，成爲公開討論的話題。鄒育楨低頭，掩著嘴急急地吃進一口白飯。沒有配料，咀嚼了幾下，一股酸澀就從舌苔漫延至整個口腔，引起唾沫氾濫。

就在幾天前，羽薇一整天臉色黃蠟蠟的，鄒育楨看在眼裡，三番兩次地關心她，她才答應下了班一起去喝酒聊聊。

就她們兩個人，又是在巷弄裡的日式居酒屋，她們選了離門口最遠的位子坐下，逼仄的角落自成一種隱密安全的氛圍。羽薇喝多了，說：「他……每天都會自己看那個……」

鄒育楨的筷子停在半空，靜靜地望著羽薇。

「就是……那種下流的片。」羽薇滿臉通紅，也不知道是不是酒精的作用。

鄒育楨還在等著下文，才發現那已經是她祕密的巔峰。

羽薇手肘抵著桌面，一雙手緊握著清酒杯，眼神對準了杯子上一個藝術字體的「夢」字，像是以它支撐著自己把話說完的決心。「他都說要加班，讓我先睡，我半夜起來喝水，就看到了……他在客廳裡，對著電腦，做那種事……」她猝然目露凶光，像一頭預備殺戮的野獸。那是鄒育楨從未在性情溫和的羽薇臉上見過的表情。

「我們快兩個——三個月沒有那個……」她含混地說，嘴咧開：「我真的覺得，很丟臉！超想跟我媽、我媽說的，但我做不到，想到我媽丟臉的樣子……」滋的一聲，她的指甲刮過清酒杯身。

看著眼裡噙著淚的羽薇，鄒育楨產生一種奇怪的感覺：男人和自己做與不做，對女人而言都是恥辱。那是一條窄巷裡的死巷子，怎麼輾轉，怎麼碾壓，都還是要佔得一席之地。

而今眼前的羽薇，在親戚的鼓動下完全是一副嬌羞模樣，快樂滿溢得像懷裡兜不住。

「喂，哈囉？妳還好嗎？」小嬅的手掌在鄒育楨眼前晃啊晃，烤肉醬特有的甜鹹氣味隨之四散。

「啊？什麼？」鄒育楨呆呆地說。

「我說，下個月，要不要一起去廟裡拜拜？」

「喔……嗯。」

小嬅又問：「記得沒錯的話，下禮拜三沒有人來『那個』吧？」

三個人搖搖頭。

鄒育楨道：「對了，之前蕊秋說最近不是很順，想去拜一下，要不要約她一起？」

小嬅的五官像煙火般炸開來：「No way！妳想遭天譴嗎？」

鄒育楨才想起來，上一秒小嬅剛剛說完蕊秋的壞話。其他人沒說什麼，鄒育楨也就沒再接話。

就這樣，一個萬里無雲的天裡，四個女孩一同去往公司附近的廟宇。

又趕在正午時分，太陽直直地射向人的頭頂，每根毛髮都成了傳播器把熱度傳遍全身。還沒走幾步路，鄒育楨就忍不住問：「我們要不要改天再去？」

小嬅說：「不行啦！今天是好日子，而且剛好我們都沒有『那個』。下個吉日就是下週五了，但雯雯那天『那個』就來了，再等下去就是下個月了。」

另外兩個人連忙點點頭。鄒育楨不再作聲。

正在這時，遠遠的，鄒育楨看見一個熟悉的身影。是蕊秋。鄒育楨咻地背過身去，低頭迅速滑起手機來。

「幹嘛？妳怎麼了？」小嬅問道。

鄒育楨不動也不應聲，盼著以此澆滅小嬅的興趣，但小嬅反而被激起更多好奇心，一個勁兒地問：「哈囉？幹嘛啦？出什麼事？」

鄒育楨也不懂自己爲什麼會如此介意。蕊秋雖然是她負責帶的新人，但也沒有處處都得拉上她的道理。但不知怎的，鄒育楨就是僵著身板，唯恐哪怕一度的轉動就讓蕊秋發現了她。她有點氣惱自己被小婢牽著鼻子走，把蕊秋排擠在外。

不，不全是小婢的錯——鄒育楨知道，小婢只是擋在了前頭，遮住了她自己對蕊秋的感覺。

一眼看過去，鄒育楨自己都絕對想不到蕊秋是個剛剛踏入社會的新鮮人。誰經過她她都笑，不是謙卑禮貌的笑，而是開口就像是要向妳傾吐，家中小貓昨夜又怎樣鬧彆扭的熱情的笑。

這當然不是壞事，只是有些出人意料罷了。因爲出人意料，所以無法立刻喜歡罷了。

鄒育楨眞正注意到她，卻是一次的偶然事件。

爲了慶祝公司創立三十週年，老闆包下了某家飯店的宴會廳舉行慶功宴。鄒育楨在指定的宴會廳門口碰見蕊秋，兩個人說著話一齊走。不少同事已經到場，眼前一個背影轉過身來，是同部門的男同事崇宇。

他看見她們，眼睛一亮，目光在她們身上流轉著。

在辦公室天天見面的日子裡，同事們個個衣著正經，今天一下子全換上了精緻的裝束，難免像都變了個人，令人感到些許的不安和期待。

三個人還沒說上幾句話，蕊秋「嘖」了一聲，一雙手就伸向崇宇胸前的領帶。崇宇始料未及，退後半步，旋即又以同樣幅度返回原處，身子忽然僵硬，像是爲了挽回上一秒的退卻。

蕊秋將領帶打結處整了一整，又往下拉了拉，理了一番。崇宇靜靜地俯視著自己的胸膛，像一隻受到馴服的幼犢，任由蕊秋一手打理擺弄。蕊秋的動作靈巧迅速，空氣中漫開一陣極異的靜默，彷彿時間停止，宇宙間所有粒子咻地被吸乾無存，兩個人被瞬間轉移到了另一個眞空星球裡。

不會錯的——鄒育楨感應到了崇宇胸口裡的跳動，是猝不及防被闖入心房的悸動。

蕊秋完成了手中的動作，鬆開崇宇的領帶，他才重續呼吸。

他們回到了地球。一切回歸正常。

不過是數秒鐘的時間，鄒育楨在一旁目睹著一切，心裡震顫著微微的憤怒，像一不留神就被甩到遊戲之外的孩子。直到慶功宴結束她都沒有完全平復心情。

就是從那個時候開始，她對蕊秋的感覺產生了某種變質。

如同她對菜菜子那樣。

菜菜子是鄒育楨去日本出差時認識的同事。一開始她並沒有覺得菜菜子的外表多麼出衆，大概是因爲她的風格和日本流行雜誌上常見的封面模特兒過於類似。事後她才反應過來，那不曾在眞實生活中目擊過的，彷彿只可能以平面形式出現的美貌，卻就那樣長在菜菜子的臉上。巴掌臉、大而圓的美目、精巧口鼻、斜劉海搭配著大波浪鬈，用不著充滿創意或犀利過人的字眼指出，那是種最無可爭議最經典的美貌。

「要一起去吃飯嗎？」菜菜子對國外來的鄒育楨並不見外，輕鬆地問她。

席間，菜菜子透露自己昨晚參加了聯誼。「我喜歡年紀大的男人，聊天第一句話，我會問他年薪多少。」

鄒育楨的驚訝被菜菜子隨性的語調沖淡。

「他是某個會計事務所的合夥人，年薪有一億日圓。這個我覺得還算可以。問題是，他長得不好看，是『濃顏』，妳知道這個詞嗎？嗯……就是像中東人一樣。」她又說：「另外一個男的長得比較帥，但他年薪才幾千萬而已。輸了。」她笑呵呵地說著這一切，彷彿進行的是蛋糕或衣服的比價。

那次之後，兩個人經常一起吃午餐，她也陸續向鄒育楨更新她的覓偶記。

「最近遇到一個個性合得來的，但他只是普通員工，雖然是高級經理。他說想跟我結婚，但他很快就要被公司調去柬埔寨管理那邊的工廠。如果是美國或英國還好，但柬埔寨，我不想去……」

菜菜子像個令人眼花撩亂的萬花筒。

有一天，她向鄒育楨透露，她其實有一個喜歡了很多年的人。「我去美國留學之前認識他的，但他有老婆了。後來我們被他老婆逮到，她還打電話來罵我耶！明明是她老公先來接近我的。最近他發現我回日本了，說想見我。」

鄒育楨已經猜到下文，果然聽見她說：「他在青山一丁目有一棟房子。」後來鄒育楨才知道那是東京的高級住宅區。「他的老婆小孩都住大阪，他禮拜一到禮拜五一個人在東京。我們昨晚做了，今天早上他送我房子的備份鑰匙。」她表情淡然，又說：「可是他都結婚了……我朋友說我已經二十四歲了，不該再浪費青春了。」她噘起嘴，問鄒育楨：「二十四歲很老嗎？」

鄒育楨搖搖頭。其實她並不知道答案。

菜菜子雙眸一彎，露齒而笑：「對嘛！」

她並沒有放棄她的聯誼活動，依舊活躍於各種「相席」活動中。男男女女同坐一張長桌，在有限的時間內和對座的人聊天，時間一到就換座位。結束時，所有男女都有過交流的機會，進入配對環節。

菜菜子說：「上週末，我帶了別的男人去青山的房子裡。我們在那裡做了。」

鄒育楨瞠目結舌。菜菜子被逗笑了，兩顆可愛的虎牙現形。「那個男的一直問我這是誰的房子，我說是我的，他都不信，哈哈哈！結果妳知道嗎？隔天早上，房子的主人打來，很生氣地質問我是不是帶了別的男人到他家。」

鄒育楨還沒緩過來，又聽她道：「我才知道，他竟然在家中裝了攝影機，把我跟那個人的做愛全程拍了下來！」

「天啊！」

「對不對？他竟然還罵我呢，他才過分吧。」

菜菜子讓鄒育楨看到了和以往截然不同的世界，儘管這意味著她只有作聽眾的份。事實上，鄒育楨也甘願只作聽眾，在菜菜子面前，鄒育楨的存在感實在薄弱。菜菜子曾經說過一句「妳的腿滿細的」，那短暫的關注已經令鄒育楨有些擔受不起。

「他會帶我坐私人直升機。跟他在一起，我可以看到大千世界。」說著，她剎下眼前的千層芝士蛋糕送進嘴裡，發出讚歎，又扠上一塊就往鄒育楨嘴裡送。「好吃耶！妳吃吃看！」

前輩在鄒育楨出差前特意囑咐過她，日本是個少有肢體接觸的國家，連握手都不算普遍，菜菜子卻願意和算不上十分相熟的鄒育楨共用食器。她一時無措，只能老老實實地張嘴，在這唯有的一口機會裡努力將叉子上的食物吞乾淨，避免留下任何殘渣。

一塊逛服飾店，兩人經過一個模特假人，菜菜子遽然掀開假人的上衣，速度之快猶如偷襲。白花花的塑膠肚皮出現眼前，有點荒謬。鄒育楨笑問：「做什麼？」

菜菜子也笑，「我喜歡讓別人驚訝的感覺。比如說，我的外表是『嘎儒』（日文辣妹之意），所以我跟別人說我是做財務的，他們會很驚訝。我喜歡那種感覺。」

總之，她像個外星人，滿腦子裝著天馬行空的不可思議念頭。和她在一起，鄒育楨覺得目光是朝著前方的，相比之下，和其他女性友人在一起時，眼睛則是盯著彼此的。

某天，鄒育楨提起自己的褲襪破了，菜菜子主動說要帶她去買新的。「下班就去吧？」

到了店裡，鄒育楨挑中一雙樸素簡單的褲襪，正在翻開標籤查找厚度標示，菜菜子遞來另一雙，說：「那個太薄了，不是褲襪而是絲襪了。這雙才是妳要的。」鄒育楨感激地接過來，見上面標著厚度一六〇，總覺得有點高，可菜菜子總比她了解當地市場。

隔天，鄒育楨將洗好的褲襪穿上，低頭一看，兩條腿如墨汁一般黑，毫無色調漸層的修身作用。出了門，已經入春的大街上，鄒育楨愈走愈感到悶熱難耐。經過一家店，她往櫥窗玻璃上一照，兩條漆黑的東西特別醒目，雙腿是平時的一倍粗。

□

一股檀香飄來，摻雜著刺鼻的燒灰味。烈日照得人身上每一寸皮膚都嫌礙事。三個人好不容易行至廟前，發現外堂已是大排長龍。誰都懶得開口說話，各自滑著手機。那雙厚實褲襪的記憶揪著鄒育楨不放，她汗流浹背，想到待會兒還得買個便當在電腦前胡亂吃一通，之後再頂著一片黏濕劉海度過下午，心裡更加煩躁。

終於排到了看得見堂內光景的地方，忽聽小嬅輕呼道：「妳們聽！前面的人好像說今天沒有觀音拜！」

羽薇難得地垮下臉來：「不會吧！那我們不是白來了？」

後方有個人猛撞上來，害得鄒育楨險些跌倒。她回頭一瞪，那人正揚起手搧風，腋下的大片潮濕四散著濃重的焦味。鄒育楨立刻轉回頭來，暗恨自己倒楣。

同事們還在伸長了脖子看，黏軟濕熱的臂膀數度摩擦過鄒育楨的衣物。

雯雯又悶聲問了一遍同樣的問題：「爲什麼沒有觀音拜？」

鄒育楨衝口而出：「也許觀音『那個』來了吧！」

第三章

「張開啊。」程紹軒呢喃道。

已經兩、三週時間，誰也沒有向對方提起性愛。最後一次嘗試雖然達到了交合，但楊老師的提問沖淡了它所帶來的成就感，鄒育楨被一種失敗感壓著，而程紹軒那一方雖然沒有表現出沮喪的樣子，卻也沒再主動求歡。

這一晚，兩個人沒有像平時那樣因爲各種事務在電腦前流連忘返，而是在十點多就洗好了澡上了床。溜進被窩裡，棉布觸身冰涼，鄒育楨忍不住尋覓程紹軒的臂彎，他也自然地擁她入懷。他這幾年勤於健身，有了點成就後動力加倍，不知不覺間從原來的瘦弱變得健碩，雖然沒有魁梧的大肌肉，但四肢和胸背隆起，是在鄒育楨看來恰到好處的身材。凹凸有致的所在此刻更像是一座天然的暖爐。

程紹軒將鼻子鑽入她的頸窩，「妳好香。」野獸般嗅聞著，將一絲一縷的香氣納爲己有。他意猶未盡，兩片嘴唇連著上下齒往鄒育楨的肩頭親咬。溫柔的刺癢之中，鄒育楨發出愉悅的沉吟。程紹軒愈發來勁，熱烈地吻上來。

鄒育楨調整著身姿，配合著對方的動作。雨點般的啄吻像是往身體的總部下達指令，把歡愉散布全身。各處神經接下了指令，團結一致地承接那無與倫比的快感。

還要，還要更多。這麼進展下去，抵達頂端是可期的事。可這一念頭一旦落腳，她立即警醒過來，餘下步驟一一陳列在腦海中，她猛然睜開眼，狂放的心冷卻大半。

程紹軒早已情不自禁，翻身跨上來，將挺拔的東西頂向她。

嘗試無果，他說：「張開啊。」

鄒育楨嘆一口氣。「腳都開了，到底要我開哪裡啊？下面兩片還能像蚌殼那樣打開是嗎？」

程紹軒噗嗤一聲，「原來『鷸蚌相爭』，是這樣來的……腳啦，再打開一點。」

鄒育楨不喜歡將雙腳交叉到對方背上的姿勢。她曾在少女漫畫裡看過，一眼看過去根本分不清什麼部位屬於誰。她勉強地將雙腿的間距再略隔開一點。

程紹軒用手試探著，抹開一片潤滑。「妳怎麼這麼濕？」聲音軟糯動情，略帶得意。

鄒育楨也沒料到自己竟能分泌出那樣豐沛的液體，或者，身體和她想像的不同。

程紹軒來回觸摸著她，氣息愈來愈重，直到收回手，將下體再度瞄準標的，前後左右地探尋著，卻始終像撞上個死巷。他只得又勞駕手指來探路，找著了穴口也不敢離手，將下體對接上去之後才敢收手。

鄒育楨叫起來：「錯了啦！」

「錯了嗎？」

「快點拿走！不是那裡！」

「那妳幫我啊。」

鄒育楨只得握住那硬物，憑本能進行調整。因爲極度潤濕的緣故，它滑了進來。今天居然順利地深入其中，程紹軒難得順利功成，接連發出幸福的嘆息。

竟沒有不適，鄒育楨在一次次的摩擦中沉喘，程紹軒低聲讚歎她。

他拔出噴射，她重重地吁出一口氣。

結婚一年後，他們終於成功了。

□

楊老師有個特點，她會將眼神平均地分配在程紹軒和鄒育楨身上，無論兩個人誰話多誰話少，她的目光永遠是公平的。

「楊老師，分界點在於兩個下體之間。」鄒育楨說。

楊老師的眼神出現片刻的閃動，隨後，大概是想起了上一次的諮詢中自己向兩個人提出的疑問，眼神又恢復平靜。「兩個下體之間？」

「當兩個下體相觸，快感就會消失。」鄒育楨說。程紹軒倚在沙發扶手上，把玩著沙發扶手凸出來的一塊。還是老樣子，臉上掛著禮貌的笑，不參與談話。

關於程紹軒，人們的評價不外乎是「很帥」或者「很乖」。帥，是因他深邃的雙眼皮和挺拔的鼻子，加上其他五官和臉型輪廓都沒有大缺陷，湊在一起是一張有資格擔任偶像團體門面的臉。然而也不知道爲什麼，鄒育楨對於這一點從來沒有產生過共鳴。在她眼中，他不過是個五官端正、長相穩妥的人。

至於很乖，倒是無可厚非。他沒有「帥哥」的任何壞習慣：不風流、不自大、不傲氣，對她十分疼惜，不擺架子，也從不和其他女人曖昧不清。結了婚，他就像一艘船從一座港口轉移到另一座港口，重新地落葉歸根，不作他想。就如同大部分的女人。可是他畢竟是男人，所以別人見了總要嘖嘖稱奇，用眼神告訴鄒育楨：妳很幸運。

「所以，交合的時後妳並不舒服？」楊老師的聲音響起。

「昨天，有好一些。至少，進去時沒有不舒服。之後也還可以。所以算成功了。」

「嗯？成功是指？」

鄒育楨被問倒。楊老師的提問經常是這樣的，乍聽簡單，底下卻暗藏埋伏。「就、就，有進來，然後感覺還不錯。」

楊老師微微一笑，「恭喜你們。」

「老師，我想請問，這樣的事妳見慣了嗎？結婚一年後才成功。」

楊老師笑了笑，「妳可以安心，你們不是第一對。」

「看來有人比我們還晚！還好我們ＯＫ了！」鄒育楨調皮地朝程紹軒笑。

楊老師喝了一口茶，說：「我多問一句，妳爲什麼說你們成功了？」

鄒育楨直起背說：「因爲，他進入很順利，而且，有射啊。」

楊老師望著程紹軒，又望向鄒育楨，「他射了，就等於成功嗎？」

□

小慧比鄒育楨大兩歲，因爲是十一月寶寶，又因生病晚了一年上幼稚園，所以兩個人才成了同班同學。在諸多事情上，往往是由小慧扮演著領頭的角色。

睡完午覺，兩個女孩在盥洗間裡洗臉，小慧左顧右盼，確認了身邊無人，就在鄒育楨耳邊悄聲說：「昨天我們午睡時，校長進來，然後我看到他坐在妳旁邊，摸妳。」

鄒育楨搓著擦臉布的手不覺攥緊：「妳騙人。」

小慧正色道：「眞的。」

「妳亂說！」

「眞的。」小慧撇著嘴，一臉的自負。「他就這樣……」她把手伸向空中扭動起來，像一條醜陋的蛇。「摸妳的臉，摸妳的手，摸妳的餒餒！」

小慧喜歡胡說八道，這一點鄒育楨是知道的。她說自己見過鬼，說她媽媽以前是歌星，還說她爸爸是超級大富翁，在澳洲附近擁有三座海島。所以，這次一定也是亂編的。但鄒育楨非常生氣，不等小慧洗完臉就自己先走。

回教室的走廊上，校長迎面走來，他朝著鄒育楨點頭微笑，眼神流露出流氓般的氣息，她撒開腿越過他，一顆心在胸膛裡跟地震似的。

午休時分，她在烏漆抹黑中感到有些搔癢，睜眼一看，有個大人正躺在她身邊，一隻手臂伸進了她的內褲裡，輕輕觸碰她下體之間的兩片。但不是校長，是Mary老師。

平時，Mary老師會和孩子們玩「切蘿蔔」的遊戲，一隻手拉直孩子的一隻手，另一隻手扮作刀子，往孩子伸直的手臂上做輕剁狀，「切蘿蔔切蘿蔔，切，切，切」，接著做抓取狀，「捏蘿蔔捏蘿蔔，捏，捏，捏」。話音未落，兩隻手就往孩子身上胡亂搔癢。一群人笑作一團。

就算熟悉了遊戲套路，小朋友們還是爭先恐後地要和Mary老師玩這個遊戲。所以鄒育楨想，大概是類似的東西吧。

「嘻嘻嘻。」

聽見鄒育楨的笑聲，Mary老師的手僵住，表情凝固，隨即又浮現笑容。「妳喜歡這樣嗎？」

沒開燈的教室呈灰藍色，兩扇窗吹進微涼的風，把薄薄的紗簾吹得輕輕飄起，Mary老師的臉暗暗的，牙齒如螢光燈般發亮，手在鄒育楨內褲裡引起陣陣的暖暖癢癢。鄒育楨點頭。

門外響起咯吱聲，Mary老師的臉色一凜，猛然抽回手。良久，門外悄聲無息，她繃緊的臉才鬆下來。

鄒育楨拉住Mary老師的手，說：「老師，我還要。」

Mary老師微微笑，「不行喔，這個只能一次，不然身體會壞掉。」

這件事，鄒育楨倒是連對小慧都沒說過。不知道爲什麼。

□

從幼稚園回到家沒多久，媽媽繃著臉，似笑非笑地說：「妳剛剛在做什麼？」

鄒育楨沒來由地如臨大敵。「沒有啊。」

媽媽沉下臉，牙間洩出的嘶嘶聲響散發著不懷好意的氣息。「妳剛剛在做的，是很壞很壞的事，以後絕對、絕對不可以了，聽懂了嗎？」

鄒育楨全身滾燙。

媽媽的臉再度逼近，深吸一口氣說：「不然，媽媽就告訴所有人。」

鄒育楨瞬間如遭雷擊，驚恐地點頭。

然而戒不到幾天，那種渴望又會來侵擾她，有時是畫畫的時候，有時是看電視的時候，有時是刷牙的時候。

不可以，不可以，不可以，她告誡自己。但她終會躡手躡腳地把門輕輕嵌入門框，小心翼翼地不讓門釦發出「嗑」的聲響。接著就是重遊樂園。結束後，她離開房間，免不了要戰戰兢兢地觀察媽媽一番。媽媽一雙眼瞟過來，拷問她：「妳剛剛在做什麼？爲什麼臉紅紅的？」

有一回，她趴在桌子上畫畫，又來了衝動。垂著眼瞼左看右看，媽媽不在家，只有姊姊一個人正在看電視。她便兀自行動起來。

一下，兩下，舒服，歡愉……

「呃！妳在幹嘛啊？」姊姊的驚呼聲把她嚇了一跳，整個人一骨碌從椅子上跌下去。突然鬆開的雙腿間漫開一陣痠疼。

姊姊的臉貼過來，「我，都，看，到，了。」混合著嫌惡和逮人正著的自得。

鄒育楨連忙搖頭。顧慮到姊姊在同一個空間裡，她並未將動作做全，姊姊究竟看到了什麼？

「媽媽說妳現在沒有了！可是我剛剛看得清、清、楚、楚！太噁心了！妳注意點喔！這次先放過妳，如果再被我看到一次，我一定會告訴媽媽！還有所有人！」

姊姊明明大不了自己幾歲，卻擺起媽媽的架子，狐假虎威的樣子眞是令人討厭。但鄒育楨只覺整個身體成了爛泥巴，如果地面是軟土，她想陷進去，被埋進去。媽媽說過不會告訴別人的，她騙人。

監視的眼睛從一雙變成了兩雙。依然可以得逞，但事後會被劇烈的絕望席捲，將她吸入一個無底的洞裡。於是去拜佛的時候，她就增加了一條祈願事項：請讓我停止這件很壞的事。

大人曾教導過她，拜神必得心懷善念，她卻把神明拖進這種污糟事裡，會不會遭天譴？但她實在顧不了那麼多了。然而，每當雙手舉香，將心願默唸三次時，她總會感到一種緊繃的倦怠。就像在家中奔跑而把桌上的小物碰倒後，向大人承諾永不再犯一樣，她預感到那不過是個蒼白無力的空頭支票。

那些懵懂的衝動，她後來在少女漫畫和言情小說裡找到了具體的形態。少女的招牌表情是閃亮亮的眼眸睜得更大，嘴呈O形，在男角對她上下其手時。無知、脆弱、純潔。男角的接近是意料之外的，令她措手不及的，她永遠是被撲倒的，她必須先掙扎著重複叫道「不要！不要！住手！」其後在他有力的臂膀下，雙眉呈癱軟八字形，緊閉的雙眼卻因強烈的感官而上翹，隨後O形嘴終於擠成最爲極致的O形嘴，雙頰掛滿臉紅線條。而下一個方格中，原本懵然的她已比男角狂亂一萬倍，男角則只剩下一面後腦杓，如死水一潭，免於群觀。

言情小說也是相似的套路。男角情到深處，意亂情迷，女角則萬萬沒料到兩個人之間會出現情色的舉動，身體碰撞時必先經歷一番晴天霹靂的驚嚇，而那卻只令男角愈發地把持不住，天旋地轉之中，她終於半推半就，放飛自我，飄飄欲仙……

鄒育楨夾緊大腿，展翼飛翔。飛翔之中不忘注意著房門，一丁點響動就得熄火迫降。

□

「他喜歡妳！」國小六年級的同桌對鄒育楨耳語道。帶著報喜的興奮和捕捉到祕密的得意。

鄒育楨受寵若驚，儘管對這些話題並不陌生，成爲愛戀情節裡的主角卻是第一次。回到家，她迫不及待地向媽媽分享這件大事。媽媽默默地露出笑，神祕的笑容帶著些許驕傲和欣慰。鄒育楨覺得自己像入手了什麼門票，某個重要的考試及格了。

同年，她收到了人生中的第一封情書，她不敢相信，電視劇裡才會出現的浪漫情節居然降臨到自己身上。寫信的人是個愛哭的男孩，常見的表情是雙眉如有鬱結，眼睛從下往上瞅著人。上課時，他老是向她投來哀怨的目光，像一團稠稠的爛泥黏上身來。她煩透了，總要抓準他來不及躲開的一瞬間將釀好的殺氣騰騰的眼神射過去。因此，令人高興的不是收到他寫的情書，僅僅是收到情書本身。

鄒育楨笑咪咪地將情書上呈給媽媽，報喜的同時表明對媽媽不變的絕對透明性。

媽媽瞥了一眼，「什麼東西？」

「媽，我收到情書了！」

媽媽朝著摺成六角形的信紙發愣，半晌才道：「什麼東西！亂七八糟的！」

鄒育楨呆住。媽媽板起臉，不僅生氣而且厭惡。怎麼會這樣？之前的喜悅說變就變。她慌了，立刻更新自己的認知：這種事，說說笑笑能逗人一樂，出現實物卻萬萬不可。就像大便放屁一樣。

鄒育楨回房後，捏著情書，視線游移於書桌和垃圾桶之間。終於，她將它收進抽屜裡。但往後每當打開抽屜，首先映入眼簾的情書就散發著一股異臭，不動聲色地沾染身上。

——如同夾在兩根緊貼的手指之間的，被擠壓通紅的一截指尖。

那是學校的藝術節，鄒育楨和媽媽到處逛，離開腕力大賽區時，媽媽問了一句：

「那個男孩是誰？」

「哪個啊？」

「坐在角落裡，理個大平頭那個。」

「喔，他喔，我們都叫他阿虎，因爲他長得很像胖虎，老師又說他做事馬虎！」

「他怎麼那麼壞？」

鄒育楨不解地看媽媽，「壞？」

媽媽的鼻梁生出皺摺，像聞到臭味而憋著氣，抬起手，握拳，將大拇指伸進食指和中指之間，「他剛剛這樣。」

鄒育楨回顧，阿虎剛才的確一邊觀看腕力比賽中參賽者緊握的兩隻手，一邊朝鄰座的同學比了這個怪動作。他本來就是個無聊分子，常常做一些無厘頭的事，她沒想到這個動作有什麼深意，能令媽媽這樣介意。「那是什麼意思啊？」

媽媽聽見她這麼問，口鼻的皺摺淡開來，呼出氣，搖搖頭不語。

不用思索太久，鄒育楨就全明白了過來。是不是人都有這方面的天賦？完全的無師自通。但她不露出任何痕跡。望著媽媽尚未完全放鬆的臉，她有種逃過一劫的後怕。

從此再看到阿虎，鄒育楨瞬間都會一瞬間不自覺地憋氣。

沒過幾天，鄒育楨就將人生中的第一封情書扔進垃圾桶裡。

當晚，鄒育楨看著八點檔連續劇，男女主角接吻時，她反射性地將頭轉開。這是從小被媽媽培訓出來的習慣。

一旁的媽媽語帶嘲諷地說：「算了吧，沒人在的時候還不是會看。」

鄒育楨紋絲不動。

她一直相當謹慎，難道媽媽有透視眼不成？不，令她困惑的是那言外之意：挖苦固然等於不苟同，可那輕飄飄又隨意的口吻，影影綽綽地暗示了接納，彷彿「它」縱然可惡，卻也拿「它」沒輒。

「它」究竟是可以還是不行，到底是十惡不赦還是無可避免？

還是國小快畢業時，同桌不經意的一句話給了她答案。

體育課結束後兩個人一道走回教學樓，上操場樓梯時，同桌道：「我昨晚好像不小心聽到我爸媽在『那個』。」

「什麼？」鄒育楨沒有忽略同桌特意使用了隱語，不由得打起了十二分精神。

「『那個』啊！」

鄒育楨瞪著眼看同桌。她不信。怎麼可能？那是只有不三不四的人才會做的事，正經夫婦怎麼可能去做，同桌居然還那樣平靜看待？「你是說……你爸媽他們、他們會『那個』？」鄒育楨受夠了多年來的裝聾作啞，一鼓作氣問道。腳下的階梯跨度都大了起來，她不低頭查看，腳尖就會撞上水泥，低下頭去看呢，又怕錯過同桌任何微小的反應，於是她一會兒仰頭一會兒低頭，茫然無措。

同桌轉過頭來，受到冒犯似的，「妳在說什麼啊！」見鄒育楨依舊是震驚無比的樣子，極不耐煩地皺著眉說：「沒有『那個』怎麼生小孩啊！嘖！」

晴天霹靂。

難不成，連媽媽也做過那件她向來警告自己不准做的事？而且算上哥哥和姊姊——至少三次。居然做過三次！

一個更恐怖的念頭浮上心頭：不只是媽媽，阿嬤也做過，阿祖也是。照片掛在家中牆壁上的那些可敬的老人們，全都進行過這項下流活動，至少一次。

隔天早上，鄒育楨和姊姊並排刷牙，她隨意提起電視劇裡出現的相關情節，說：「我永遠不會『那個』的！」

鏡子中，姊姊的表情起了異樣的變化，「嗯」了一聲，尾音卻上揚，像一個謎樣的符號。鄒育楨見了，心臟怦怦亂跳，說：「那是壞人才會做的事！我永遠不會的！」

姊姊的喉嚨發出嗚嚕嚕的怪聲，就是不說一句話。可在那閃爍的眼神中，答案早已昭然若揭。鄒育楨表面上只管若無其事。必須得若無其事，否則不知道又會引起什麼用於掩飾的謊言。好不容易到手的眞相不能再丟了。

鄒育楨還在消化這巨大的打擊時，內褲上就出現了一灘褐色的污漬。原以爲是拉肚子，但那樣的液態還是頭一次看到，她將內褲中央長方形的部分拿到眼前端詳。眞的一點固體的痕跡都沒有。她移到鼻下聞了聞，沒有絲毫糞味，是另一種奇特的味道。

第二天，她去廁所，看到媽媽正蹲在地上搓洗著什麼。媽媽很少手洗衣物，她湊近看，發現是自己的內褲。昨天鄒育楨自己洗了洗，洗不乾淨，就隨便地把內褲扔進了洗衣籃裡。想來是讓媽媽看到了。

媽媽一臉笑盈盈，眼睛裡泛著光。洗個內褲竟如此歡喜？鄒育楨怔了怔，又如夢初醒。彷彿一個奇蹟，只耳聞過卻不曾眞正見過的東西眞的到來了。她笑了，是不自覺的，像終於趕上一部次次駛來又次次駛遠的雙層巴士。這回總算輪到她了。她坐上了上層的窗邊座位，吹著風，愜意美好。

「妳看起來很高興！」姊姊笑她。

「哪有！」鄒育楨也不知道爲什麼。

「明明就有！」

隔天剛好是大年初一，鄒育楨全家去廟裡拜拜。到了廟堂，師傅將點好的香一一遞來，輪到鄒育楨時，媽媽冷著臉搖頭，壓下她伸出去的雙手，一言不發，力道卻很大。媽媽邊打手勢邊使眼色，像個悶葫蘆般就是不明說，但師傅會意了，跳過鄒育楨招呼她身後的人。鄒育楨被命令去堂外等候。

家人一一下跪磕頭，只有她一個人在外堂等候，彷彿遺世獨立、與衆不同，卻是爲了她身上「不乾淨」。

回家途中，她目睹哥哥追上前方的媽媽，質問著她什麼，聲音壓得很低，目光屢屢瞄過來。媽媽左顧右盼，態度散漫。可哥哥追問不休，有點心急如焚的，媽媽才不情不願地迅速吐出一句話。哥哥驚了驚，回頭瞥鄒育楨，臉上寫著不知所措。

鄒育楨心頭一震，感到抱歉，感到自己使哥哥幻滅了。愧疚感交雜著一絲絲的得意和冤屈，就像她被安排站在廟堂外的心情。

睡前，媽媽俯在她床邊說：「現在妳是大人了，要更加自重自愛。」

她懂事地點點頭。又是那種她並不陌生的話中有話。媽媽的注視讓她感覺平起平坐，這令她欣喜，同時卻又有種想甩開媽媽的淡淡厭惡。

後來大學時的一個中秋節，鄒育楨約好了和媽媽逛街買月餅，回到家，她宣告自己有了交往的對象，媽媽大驚，說：「他進過妳的宿舍嗎？」眼珠子像要迸出窩眶直刺鄒育楨的瞳孔。像警察企圖從罪犯身上勾出作案鐵證。

姊姊緊隨其後，深深盯住她說：「妳敢跟男生做不三不四的事就試試看！」什麼程度算不三不四？和男友的親密時光一瞬間湧入鄒育楨的腦海。姊姊的目光旋卽如燭火一閃——是鄒育楨上一秒的動搖令她察覺了。姊姊的瞳孔換了種顏色，變作投影片，映照出鄒育楨和男友主演的親密電影。

直到今天，每當和程紹軒在黑暗中感到痛快，鄒育楨就會感應到空氣中有一雙雙眼睛。天花板裡、床邊、門縫處，一雙雙眼睛豁開細細的眼皮，露出反光的眼白，眨巴眨巴地目擊著她和另一半裸露著身軀，上翻著眼皮，忘情地大叫，挺起腰板地餵食。每一次親熱，都如３Ｐ，４Ｐ，５Ｐ。

□

鄒育楨一把抓起筆記本，卻見蕊秋還在鄰座穩穩地坐著。「蕊秋！快，開會了！」蕊秋的視線和電腦螢幕連成一條線，臉色發黑，眉眼也走了樣，不像平常的蕊秋。鄒育楨循著蕊秋的目光朝電腦螢幕看去，不過是貓咪伸懶腰的桌面圖。

「喂！」鄒育楨奇怪地叫蕊秋，伸手拍她。

蕊秋猛然一跳，側身閃躲，驚恐地瞪著鄒育楨看。

鄒育楨愣愣地問：「……怎麼啦？客戶上線了！」

蕊秋這才收拾好桌面上的文具起身。

兩個人衝進會議室裡，點開會議連結，客戶已在線上等，樣子不大高興。鄒育楨忙陪笑著道歉，對方的臉色才多雲轉晴。

講解到中途，客戶方說想去喝口水，兩邊人員於是關上了視訊畫面。鄒育楨想趁隙和蕊秋探討幾句，卻見她眼皮顫動，滿目懼怒地瞪著一個方向。鄒育楨看過去，不過是會議室的門，乖乖地無爲地立在那兒，並無異狀。

鄒育楨正要問她怎麼神思恍惚的，客戶在這時點開了視訊。她只好作罷。

下午，部門開例行週會，今天探討的主題是如何營造出更舒適的工作環境。

大家你一句我一句地聊著，崇宇點著蕊秋笑說：「妳不是意見最多嗎？怎麼今天這麼安靜？」

蕊秋聽了，坐正了身笑道：「請問，這是我們部門第幾次談這個主題呢？」

崇宇一愣，探究地望著她。

「我不是很懂。什麼樣的工作環境算好——不就是同事之間互讓互助，酬勞高，準時下班嗎？有必要召集所有人開會探討嗎？」

蕊秋向來是心直口快的，可往往是透著一股天真的親暱，不曾有過這樣略帶挑釁的態度。

崇宇說：「呵，呵，團隊裡加入了新的血液果然不錯，氣氛都不同了。每個人都不同嘛，有些人喜歡衝刺事業，有些人喜歡工作和休息平衡得宜，有些人喜歡多一點聚會，有些人覺得上下班時間要劃分清楚，蘿蔔青菜各有所愛，公司也是希望可以吸收不同的意見，推出改變時，盡量讓人人滿意。」

蕊秋冷笑一聲：「喔！意思就是，製造一個空間，讓大家說出意見——」

崇宇重現笑容，「沒錯了，蕊秋果然冰雪聰——」

「所有人問個一輪，就能博得民主之名？」

崇宇剛要點頭，聽她這話不對頭顱又忙調向，呈現一種無意義的搖晃。

「不是嗎？開會能加薪嗎？能不加班嗎？能保證雜事不再全都丟給女生？」她哼一聲，「開會不就是走個形式嗎？」

崇宇的笑聲變得又乾又薄，像海水退潮後留在沙灘上的痕跡。他調了調站姿，「怎麼會呢？論薪酬制度，公司這幾年都做了好幾次改革了，蕊秋剛剛加入不久，可能不太清楚，幾年前我們是沒有彈性上班時間的，也沒有健身會員優惠福利。」

蕊秋像一門已經開火而再也收不住的大炮，尖銳地批評起那些福利的內容，愈說愈激動，漸漸臉紅脖子粗。鄒育楨早已聽不進她說的話，只像在觀看一場鬧劇。最後，還是幾個同事說要趕下一場會議，大夥兒才匆匆解散。蕊秋離開後，幾個人同情地拍了拍崇宇的肩膀。

崇宇聳聳肩，躲開那些人的手掌，默默地回到自己的辦公桌前。

一直到下班時間，鄒育楨都沒機會關心蕊秋。關上電腦時，蕊秋人已不在位子上。

下樓到公司大門，鄒育楨見門口圍攏著一群人。下了班的人們衣著有些凌亂，身體攢動著，碰著了就彈開，相觸的部位時不時地要揉一揉，像在清洗消毒。

空中忽然傳來一道辨識不清的女高音。唏噓聲混雜著嗤笑聲，場面嚴肅中帶點滑稽。鄒育楨鑽進去一看，坐倒在人群中央的卻是蕊秋。

蕊秋右手抱著左肩，彷彿正在護著胸前的什麼寶貝。她瑟瑟發抖，一腳彎曲一腳伸直，頹喪地望著地板流眼淚。立在一旁的警衛睜大了眼睛對著衆人高舉起雙手，像電影裡向警察證明自己並沒有持槍的模樣。

「怎麼回事啊？」有人問。

「說他摸了她。」一個微弱的聲音答道。

警衛剛剛垂下去的雙手馬上彈回胸前，五根手指像筷子一樣伸得老直，「冤枉啊！我上有老下有小，老婆剛生了女兒，千萬別亂扣我帽子！」

衆人的目光不約而同地溜回蕊秋身上。鄒育楨原以爲個性爽利的蕊秋一定會說句什麼，她卻只是死死地瞪著地板大口喘氣。

鄒育楨走向蕊秋，彎下身輕拍她的肩頭。蕊秋震了震，叫起來：「不要碰我！」

鄒育楨忙收回手。經此一幕，再沒有人往槍口上撞，全都甘作觀眾。

「她都嚇呆了，我看是眞的！」

「眞的，無緣無故怎麼可能這樣！」

「警衛平常就——」

「喂！你們不要亂講話！」噔噔噔的一陣高跟鞋聲中，老闆的祕書衝破人牆，俐落地抓起蕊秋。

蕊秋先是抵抗，可祕書大概是有備而來，絲毫不受蕊秋的力道影響，一舉拉起她。

蕊秋發出微弱的哀吟，眼淚又撲簌簌落下。

「可憐啊，不知道他做了什麼。」

「眞可怕，天天上班的地方。」

警衛的臉色刷地一沉，手也放了下來。雙眼瞇縫起來，肩膀高高聳起。「這裡有監視器！」他指向天花板一角，掃視著衆人道：「調監視器可以了吧？東西可以亂吃，話不要亂講喔！讓證據說話！」話沒說完，他將目光射向蕊秋，強硬的眼神宣示著一種鬥到底的決心。

「大家都別走，都來作證！」警衛說著就往警衛室的方向走去。

祕書拉住他，「喂！幹嘛啦！別亂搞了！你是嫌事情不夠多喔！」她採用的那種自己人的口吻起了作用，警衛轉過身來向她掏心掏肺：「不是啊！妳看他們說那什麼話！不看監視器，我跳進黃河也洗不清！」

祕書向蕊秋呶呶嘴，低聲說：「她最近工作比較累，比較敏感而已，何必呢！」祕書背對著衆人，再度放輕音量。鄒育楨因爲站得近所以聽得見她說的話：「調監視器，沒事也變有事我跟你講！就此打住！」

蕊秋始終不發一語，沒有任何表示，在祕書的指示和勸動之下，人群也就慢慢地散開來。

蕊秋請了一週的假。而公司大樓裡對此衆說紛紜。

無風不起浪！沒事她怎麼會那樣？

如果眞的有事，警衛怎麼會提議調監視器？

拜託有夠天眞耶！監視器那麼遠，他做警衛那麼多年了，肯定很清楚什麼畫面能被拍到、什麼畫面不能被拍到的啦！

關於警衛，鄒育楨只打過一次令她留下印象的交道。

那天加班加得晚，天都黑了她才風塵僕僕地走進電梯裡。電梯門一關，她就拿出手機查看家附近的外送選項，豆瓣紅椒纏繞著回鍋肉的圖片引得她胃部哀叫、嘴裡發乾，走出電梯時眼睛也不離手機，勾選著菜式。無預警的，她的雙腿差點騰空，身體不由自主地後仰。大樓景象顛倒過來，時空彷彿變了形一般。

待她重拾平衡，驚魂未定地轉身一看，發現警衛正一個人站在那兒看著她。厚實的上半身像一堵堅硬的牆。

他手中揣著一件包裹。「看什麼看那麼入迷？叫那麼多遍都沒聽見！現在的年輕人喔，什麼都不愛，就愛手機啦！搞不懂什麼東西那麼好看！」

鄒育楨愣愣地望著包裹，收件人寫著自己的名字。

她傻笑著接過包裹，道謝辭別。

離開了辦公大樓，她莫名地有種惡夢驚醒的悶悶的不痛快。馬路兩側的樹幹微微顫動著，彷彿背面藏著人。她一次次地忍住轉過頭去檢查身後的衝動。光是想像自己回過頭去看，就像是給自己添一份危險。只能加緊腳步趕路。直到坐上了捷運，被明亮的燈光和活生生的乘客環繞著，她才沉下一顆心，梳理起堵在胸口的不適感。

重拾平衡前那命懸一線的感覺是怎麼回事？她只記得脖頸猝然緊繃，像被人勒住。

她下意識地摸摸領口，摸到一圈圓形物。低頭看，是今早從衣櫃裡隨便挑的衣服上裝飾的珠子。

她明白了。短暫擦過皮膚的粗糙溫熱是警衛的指腹——他從背後扯了她的衣領。扯了多久？絕不只一秒鐘。繃得那麼緊，裡頭一覽無遺了吧，他看了她的腰背、她的胸罩和胸罩鉤釦嗎？

公司大樓到了八點以後基本上就沒有什麼人，電燈也一一熄滅。當她往後滑跌，陷入失重狀態時，是全無自主能力的。固然是虛驚一場，但假設真有什麼事，她也是毫無反抗能力的。她閉上眼睛，鬢角汗濕。

第四章

「妳要不要吃？」程紹軒以迷離的聲調問。

「吃什麼？」鄒育楨裝傻。

程紹軒吃吃地笑。「吃香腸。不是鑫鑫腸喔，是德國香腸。」

鄒育楨看過一本諷刺漫畫，收集了政治人物說過的性別歧視話語，搭配著誇張的插圖。其中一句發言是：「跪，這就對了，這個姿勢很適合你。」

鄒育楨的一隻手被程紹軒握住，被動地進入他的內褲裡頭。密閉的空間擠著熱氣。

「要不要？」他低沉地問。

鄒育楨抽回手霍地躍到程紹軒身上，說：「你要不要舔我？」

程紹軒的氣息停頓。片刻後說：「好啊。」

鄒育楨用膝蓋前進，雙腳跨著他的脖子，說：「舔下面。」

程紹軒眼中的矇矓瞬時被銳利的光取代。

鄒育楨說：「要不要？我看到網上有女生分享，說會欲死欲仙。」

程紹軒笑出來，「亂寫的吧！女生怎麼會有感覺！」

「什麼叫女生沒感覺？」

「就，就那樣啊。舔我，我們兩個都高興。」

「拜託，那個女生才沒感覺。」

「亂講！女生都很喜歡好不好。」

程紹軒有時候天真得很厲害。

「楊老師說了，女生需要更多的刺激，可以嘗試更多不同的方式。」

「可以啊……那我從後面給妳。」

鄒育楨呆了呆，轉身恢復到平躺的姿勢，冷笑一聲。

程紹軒慢慢靠過來，往她肩窩裡胡亂地鑽，重複著自己的要求。

她不回應，他就進一步貼上來，氣息搔得她躁癢不適。她躲了又躲，他卻我行我素，眼看就要往下亂蹭，她嘩地一閃，抓起棉被就往他身上一罩，「反正我就是給你看、摸、插、爽！選項只有給看多少、給摸多少、給不給插、怎麼給爽！這麼被動，要我怎麼高興啊？今天輪到我了！」

程紹軒把棉被撥開臥倒一邊，半晌，才縮著身體說：「我不敢啦，感覺很可怕耶！都不知道會流出什麼東西！」

「拜託！又不是生理期！」

「不是啊！就、就會有味道吧！」

「洗乾淨就不會。」

兩個人來回爭論著，程紹軒終於心不甘情不願地移至床尾處，將頭鑽進棉被裡，在黑暗中緩緩爬行，像一條巨大的蟒蛇。

一種圓小的說不上是硬還是軟的濕物觸及她的下體，鄒育楨一跳，逃到旁邊去。

「算了算了！不要了！」

於是兩個人又回到平時的做法，愛撫，插入，拔出，噴射，轉身。

鄒育楨背對著程紹軒，感受著一種完成了任務的解脫感。親密時光結束後她多半是這種心情，可今天她格外地有種被玩弄的感覺，像是為了尋寶跋山涉水，抵達目的地後卻發現寶藏實際上已歸別人所有，她被畫了塊大餅，其實不過是跑腿的手下。

她想起曾做過的一次口譯。遭到家暴的婦女被診斷出患有憂鬱症，心理諮商中提起婚前曾被母親警告過萬萬要在床上抓住男人，否則他去處多的是。婦女揚揚下巴，說自己牢記著這句話，發明了十八種呻吟方式，很清楚每種方式能帶出先生的不同快感。

「妳很了解妳先生的感官。那妳自己的感官呢？」諮商師問。

婦女頓了頓，說：「什麼我的感官？」

鄒育楨想起婦女那空白的表情，心墜下去，連帶地想起自己的媽媽。

「告訴妳，懷孕的時候，女人是沒辦法隨時侍奉男人的！」媽媽說這話時，無力感擒住鄒育楨，像被人打得趴下，起不來也逃不走。她死也不會讓自己落到那種低等的位置的，可是她拯救不了媽媽。從媽媽那種驚羞、氣不過的臉色中，她彷彿已經看到了——兩頰餅饃似的下墜，等待著指示，認栽地就範，垂下眼，認爲對方看到的少一些，自己的醜行就小一些。

忽然，一陣刺癢爬上鄒育楨的雙頰，彷彿螞蟻大軍趁人不備湧上來。她大驚。卻是程紹軒擁了上來，鬍碴貼到了她的臉頰。

從前天天去辦公室上班的日子裡，程紹軒的下頷永遠保持乾淨，所以多年來她都不曾留意過他臉上也長鬍子。直到最近在家辦公的日子久了，他的鬍子也跟著長長了，相擁時那粗糙的觸感碾過她，她深受刺激，才有所發覺。

結婚離家前，數不清重演過多少遍。爸爸臥在沙發上喚她，發出洪亮的哼聲。她乖乖回應召喚，立在他身前等待指令。他斜眼看她，命她替他拔鬍子。她蹲坐在沙發邊，握著鑷子一根一根地拔他嘴邊韌如彈簧的東西。又粗又短，明明挾到了，用力一拔，又溜掉了。她拔得手痠，指尖發燙。他眼皮抬都不抬一下，心安理得地想著他自己的事。

無預警的，他以迅雷不及掩耳的速度睜眼，將她擁入懷裡。下頷扳過來，爲了夾緊她的頭，形成父女相互依偎的姿態。父女間的親密接觸從不令她感覺溫馨，永遠是他粗聲的命令，像老闆吩咐員工做事。兩具身體剛貼在一起她就忍不住要掙脫，像體育課裡從操場一端跑到另外一端，一觸線就跳起來往回跑的反射性動作。可爸爸像是早有預料，環抱著她的一雙手緊箍著，鐵欄似的。父女間的擁抱永遠如此，一個死命推，一個死命鎊。

他的內衣洗舊了，彷彿比紙還薄。骨骼突出，肚皮又圓又硬，皮膚已經鬆垮，帶著難以形容的味道。和鄒育楨買過的一條圍巾一樣。那條圍巾許久沒洗，姊姊經過時大叫一聲，驚駭地說，怎麼有股老人味？她才知道那叫老人味。不是汗也不是血，人體怎能發出那種異味？

她最恨的還是他的鬍碴，扎進她的臉頰，微粒成排地摩擦她的腮頰耳際。她已經放棄了脫身，只以小幅度的動作想逃開那些鬍碴，卻被壓得更緊，肌膚之間更加熨貼，泥沼似地陷進去。好不容易鬆開了，也不能轉身就逃，他要握住她的雙肩，皺著眉，佯盯住她，「爲什麼總教人愈看愈愛呢？」深邃的盈盈的目光，像要看進她的靈魂深處。甜蜜的抱怨像俗氣的言情劇裡男女主角之間愛之深責之切的質問。可她清楚眼下不是言情劇，若毅然反抗，引來的將是敬酒不吃吃罰酒的斥罵。她竭盡力氣也只能做到面無表情，實在是一點好臉色也擰不出來。這就是天倫之樂嗎？忍辱負重，倒數計時，長跑時等待終點般的煎熬。

不知捱了多久——完全無法預測——他少不得要在她臉上狠狠地親一口，要麼就是命令她來親他，左臉頰，右臉頰，額頭，下巴，一處也不能少。末了是沉沉長長的悶哼，像是心滿意足，又像是給她蓋上章，表示她的無罪釋放。

「不是跟你說了嗎？爲什麼沒刮鬍子？」她衝著程紹軒喊道。

「刮鬍刀需要充電。」他睡意朦朧。

鄒育楨向程紹軒坦誠那段段記憶時，總是缺氧般痛苦，他卻一遍遍地忘記，一遍遍地讓鬍碴碾過她。一句「需要充電」，彷彿這個理由能與她的痛苦相提並論。

鄒育楨的血液像被火點著——他已經用行動證明，他不在乎她一遍遍地受那種罪——滾燙的熱氣竄向頭頂，她喝道：「喂！我還沒耶！」

「唔？唔。」

她用力搖他，「起來啦！我還沒耶！你不要自己高興就沒事了好不好！」

程紹軒迷迷糊糊地張開眼睛，「幹嘛啦！這麼晚了不睡覺。」

「我說我還沒！你搞定啊！」

她死命拍他，一不小心啪的一聲脆響，拍過他的臉。她大驚，程紹軒也嚇醒了，朝她怒目圓瞪。「幹嘛啊！神經病啊！」

兩個人相對無言，對峙片刻，程紹軒說：「算了不要去什麼諮商了！我看妳根本就是變本加厲！」

鄒育楨怔住，半開的嘴顫抖著。她終於懂了爲什麼有些演員在演繹吃驚時總要張大嘴巴。原來是情緒呼之欲出，表達的能力卻被過度的驚訝給壓了下去。「首先，什麼叫我變本加厲？好像一切都是我的問題！第二，我們哪有變糟？明明就有進展！」

程紹軒沒回答，瞪著地板看。她滿腦子只想著他的弦外之音——在他心裡，始終覺得是她單方面的毛病？這些年來，是他遷就著她？委屈像岩漿沉甸甸地爬上心口，擠走胸腔裡的空氣。

終於，她朝他大吼：「好啊！不去就不去啊！誰要你去啊！」她哭了出來。和他相處了這麼多年，兩個人當然也吵過不少架，扯著嗓子咆哮卻是頭一遭。話音剛落，胸口的岩漿找到了出口，眼淚滾滾而流。

咆哮聲的威力令程紹軒的口鼻微微變形，然而，他沒有像平常那樣軟下姿態安撫她，而是捲起枕頭，二話不說地去往客廳。

他們取消了這週和楊老師的會面。

□

公司修改了福利政策，健檢部分增加了幾個女性項目，包括針對三十歲以下員工的子宮頸抹片檢查。

「那是什麼？」鄒育楨問。

小嬅驚呼：「啊？妳們都沒做過？太誇張了吧！二十歲就要開始了啦，我每年都做！」

年近三十，鄒育楨第一次做巴氏抹片檢測。大學時就有過醫院人員來做宣導，她回家後告訴媽媽，媽媽不以爲然，說把私密部位敞開給陌生人看太不像話了。

鄒育楨有些忐忑，上網查，幾個醫療網站齊聲說最多出現輕微的不適感。她再去一般論壇看，則有五花八門的經驗談。

「痛死老娘了！」

「沒感覺啊。」

「跟做愛一樣啦。」

哪個是眞的？終歸是那句話：因人而異。

來到醫院，坐等了一會兒，鄒育楨聽見醫護人員叫她。她收起膝上的外套拍了一拍，平整地折半再折半，慢慢地走向指定的房間。

「妳……結婚了斛？」醫生看著螢幕說。

鄒育楨知道，醫生問的不是婚姻狀態。因爲大學時期她就被問過相似的問題。

當時，她的左邊乳頭長出了痘痘一樣的東西，因爲疼痛，她將它擠破，一秒的劇痛後，黃而黑的膿液混著暗紅的血汩汩流出。她嚇傻了，馬上預約看醫生。當時，醫生的第一句話是：「妳有男朋友嗎？」鄒育楨卽刻回答：「我沒有過性行爲。」焦慮和自豪交錯著跌宕在胸口。醫生聽了，點點頭不再追問。證明兩個人之間看似牛頭不對馬嘴的對話實則頻率一致。結束看診後，鄒育楨的胸口依舊餘震似地起起伏伏。

「妳結婚了齁？」做子宮頸抹片檢查的醫生又了問一遍。

鄒育楨回過神來，答道：「對，結婚了。」

依舊是你知我知，絲毫不新鮮的啞謎。她卻感到一種快樂，因爲和大學時不同，現在能堂而皇之地這麼回答。

醫生說：「脫一下褲子，在那邊躺下。」

鄒育楨照做，隨後按要求把膝蓋收縮彎曲。她的拳頭不自覺地捏緊。

「我要刮了喔。」

鄒育楨的喉嚨哽了哽，抱著視死如歸的決心緊盯天花板。

「放鬆點，沒事的。」

她感到下體被硬物撐開，是沒有任何軟層來緩和的硬物。她不由自主發出悶哼。

接著，細而不銳的小湯匙似的東西先在陰唇處小心探路，繼而深入。

「唔……！」她攥緊床單，下意識地後退。

醫生側身躲開她的膝蓋和她四目相對。「怎麼回事？妳後退我怎麼弄？」

鄒育楨道歉，逼迫自己前移。可那不明物體再次刮入時，她又後退。

醫生嘖了一聲，瞪她。眼神裡卻是納悶多過不耐，隱隱還有一絲警惕，像警探劇中因為新獲得的一條線索而對原本看似無辜的人起了疑心，怔忡著，猶豫著該不該追根刨柢，興師問罪。鄒育楨無法想像醫生是疑心她犯了什麼罪，可她也管不著，下面太痛。

□

鄒育楨八歲時曾對穿著粉紅色蓬蓬裙的芭蕾舞者產生憧憬。她在電視機前安營紮寨，就為了多瞧一眼電視廣告中一群群在台上展翅舞蹈的舞者們。

鄒育楨向媽媽提出學芭蕾舞的要求，媽媽厲聲說：「不行！太危險了！」

「媽，最厲害的舞者可以代表國家出國比賽！以後還可以開舞蹈教室！銘銘跟我說的，說她表姊正在國外『深造』。」

「不行！」

「媽！拜託啦！我答應妳！只要讓我學芭蕾舞，我每天放學就自己把功課寫完！我每天會訓練一個小時！銘銘說的，剛開始她表姊都沒有每天練舞，但我會每天練！」

媽媽面露驚恐，用力搖頭，「不行！學那個要把腳叉開，劈腿什麼的，別斷送自己的未來！」

那是鄒育楨人生中破滅的第一個夢想。很多年後她才懂得舞蹈夢和斷送未來之間的關係。

很髒——

國中快畢業時，鄒育楨負責照顧學年中途插班進來的男同學，兩個人變得十分要好，男孩便時不時向她透露男生圈子裡對女生的議論。

「他們說，魏青青很髒。」

「什麼意思？很髒？」

男孩低頭查看四周，悄聲說：「就是，她已經做過了。」

鄒育楨想起當天早上以李玉榮為首的三五個男生蹲坐在地上，頭顱湊近了嘀嘀咕咕著什麼。她經過，聽到一句話不斷地被重複，「很髒」。即便聽不清楚內容，刻薄的形容也像毒藤蔓爬進她心裡，往外擴散，向四周的土地扎入一根根尖刺。

原來他們討論的是這種事。真相大白，尖刺變作利爪，更狠命地掐進肉土當中。

在鄒育楨眼中，魏青青雖然肥胖，但擁有全班最美的白皙皮膚。她注意過，魏青青連手肘和膝蓋都是白嫩嫩的，全無暗沉之色。鄒育楨常常想，她一定非常認真地洗澡，不遺漏任何部位，確保通身被洗刷乾淨，不像自己，經常忘了搓揉後頸部、骨盆處。

然而就是一瞬間的事，魏青青在她心裡的形象被抹上了一層灰，彷彿塵蟎或是蛆蟲侵入其中，肉眼不可見異狀，內核處卻千瘡百孔。它極具傳染力，旁人光是聽說就會不知不覺地染上身。就像鬼片裡受到詛咒的電話。

大學初戀那段時間，鄒育楨和媽媽之間互探互防，上演著間諜戲。

媽媽哆哆嗦嗦地要脅道：「鄒育楨我告訴妳，讓男人沾了妳，妳爸爸不會放過妳！」目光鄙恨，像瞪著一個不共戴天的仇人。「妳要記住，永遠記住。那一塊膜是妳最大的財寶，妳最大的黃金！一旦沒了，妳就貶值，等著虧本，男人看不起妳！婆婆看不起妳！」

鄒育楨和男友連吻都沒接過，光顧著聊天，夢想著未來的生活。然而望著媽媽面目猙獰，像一頭好不容易死裡逃生的，驚魂未定的母獸，她一下子明白了：戀愛只有一件事，身體的事。沒了「黃金」，就等著虧本。她體認到了一種註定了的命運，人像忽然拔高了一個水平，望見遠方的末日的蹤跡，雖遠，遲早臨頭。

男生沒有黃金，所以不用擔心失去。沒有標價，所以不用擔心貶值。

鄒育楨和男友斷了聯絡。雖然兩個人沒做過愛，她依然有種白白掉了價的悔意。她深刻地體認到，不看、不想、不知、不碰，才能完好。否則只有掉價。可是，避防也不可能永遠，因爲總要結婚的吧？掉價只是時間的問題——是個無解的輪迴。她不敢多想，只能拚死守衛著，一寸一寸地計較。

她二十八歲結婚，不算太早，其實卻很匆促——她被媽媽撞見和程紹軒一起躺在一張床上。雖然穿著衣服，媽媽還是幾乎掀了屋頂。他們在半年內結了婚。媽媽怕夜長夢多，那段時間裡和婆婆熱線推動著整件事。鄒育楨常聽見電話傳來婆婆的再三保證，一切會如期舉行。從婆婆的語氣中，幾乎能看見她拍著胸脯的模樣。媽媽佝著背，不住地道謝。婚禮上，鄒育楨出場後始終低著頭，怕和任何人對眼，尤其是婆婆。

婚前，婆婆有時一大早就來程紹軒的公寓裡。第一次見到穿著睡衣的鄒育楨時，婆婆略顯驚訝，之後就見怪不怪了。有時，她會囑咐鄒育楨要吃什麼別吃什麼，聲音壓得低低的，像在分享私家菜單。

而鄒育楨和程紹軒結婚之後，婆婆的尺度大開，一邊炒著菜，一邊勸說鄒育楨多吃紅糖，「男生喔，都一個樣！當年妳爸爸也是，我就說婚前先不要先不要，他會生氣！他硬是忍不住！」婆婆將鯖魚皮煎出焦香，臉上露出得意之色，彷彿自己之鮮美不輸給眼前的菜色。

明明結婚一年後她才和程紹軒做愛的。鄒育楨回回想申辯，又回回吞了回去。

這一天，鄒育楨參加程紹軒的親戚聚餐，是一家飯店裡的吃到飽餐廳。話題來到不同時代戀愛方式的變化，婆婆對著眾人說：「我跟他爸爸都很開明啦！小孩跟我們想得都不一樣了，現在都很開放！我不會怎麼樣！」

一桌子的人神神祕祕地笑起來，伸出筷子挾菜，手勢之下是互遞的眼色。

和程紹軒剛剛交往不久時，他的朋友問過他：「跟她一起洗澡了沒？」鄒育楨聽說時鬆了一口氣。因爲初戀男友的朋友們當年問的第一句話是：「上她了嗎？」初戀男友轉述這話時並不正眼看鄒育楨，她還當他是因爲怕她生氣，後來卻疑心他是對她心存埋怨。還好程紹軒的朋友們沒這麼問，只問有沒有一起洗澡，算好的了。實際上，無論是哪個提問，答案都是否定的。她的鬆一口氣比起害怕蒙羞，更多是害怕那提問本身，那種設法要料理她的企圖。

婆婆又笑，豪邁地說：「現在的年輕人都很open，很早熟！」

鄒育楨忍不下去了，笑著說：「對啊，我們兩個都很自由，婚後也沒有馬上做什麼，就是看心情。」

此話一出，一桌子的笑聲像遭到了消音，衆人望著她，像聽到了外國話。隨後，很快又亂哄哄地說起其他話題，留下婆婆一人愣在那兒，上眼皮多出像掃帚竹枝般的線條，把原本的愉悅和驕傲一掃而光。

回家的路上，婆婆瞪著鄒育楨問：「什麼意思？妳比較保守喔？」

鄒育楨心中又掠過那種自豪摻雜著羞愧的心情。

程紹軒忙打圓場：「哎呀，不要問了。」

晚上在婆婆家吃飯，程紹軒挾菜給鄒育楨吃，她搖頭說吃飽了，程紹軒就老老實實地把菜送進自己嘴裡。婆婆的眼神刹那間變得銳利，像目擊到作案現場。「女孩子喔，不要太好強！」她惱火地搖著頭，「女孩子還是沒辦法跟男生一樣拚事業！」

鄒育楨還沒搞懂婆婆怎麼平白扯到事業上去，只聽她的筷子叮叮咚咚響個不停，「你們什麼時候要生小孩？都結婚多久了，三十歲的人了，不要開玩笑！」婆婆向來最愛自詡爲不干涉孩子生活的開明長輩，現在說這話，卻完全是理直氣壯的。

「啊？還沒啊。」程紹軒扒進一口飯，含糊答道。

「什麼還沒？你不急，但你老婆急！女人懷孕的黃金年齡二十八歲就結束了，到時候受罪的是你老婆！女孩子跟你，一樣嗎！」婆婆挾起一大塊紅燒肉呼哧吸進嘴裡，吧唧吧唧地吃著。那是她的拿手菜，濃濃的香味蓋過席間所有其他菜餚。

鄒育楨知道，是自己午餐時的發言惹的禍。

婆婆的喉頭咕嘟一下，快心地呼出一口氣。一陣醬腥味飄來，在模模糊糊中幻化出雯雯的臉。

雯雯她們都知道，鄒育楨和程紹軒在婚前已經會共睡一張床。觸及這個話題時，鄒育楨總是嚴陣以待，細察朋友們的表情。眉眼挑起了嗎？笑紋皺起來了嗎？她們心中是怎樣猜測她的，認定她已經越過最後防線了嗎？

開「女性之夜」派對，當話題漸漸導向臥房之事，鄒育楨看準了時機笑道：「我們可以睡在一起，但不代表會做什麼喔！」

羽薇和小嬅一愣，呵呵笑笑。雯雯卻嘴一癟，以極大的音量說：「喔！」

鄒育楨的笑容頓逝。

好不容易盼到的暗示眞相的機會，怎麼引起的會是這種反應？她從一個全新的角度看見了自己的可鄙模樣——什麼年代了，還舉著一塊貞節白手帕遊街不成？她感覺自己像個踩在皮球上的小丑，沒有迎來鼓掌反倒遭了白眼，可皮球還在轉動著，她下不來。

偏偏是雯雯——向來對情愛之事漠不關心的雯雯，卻如此大動作地表示不屑。鄒育楨說的話，就不堪入耳到了那種地步？

鄒育楨望著滿臉慍怒的婆婆，一股遭到反覆耍弄的憤懣湧上來——放棄舞蹈夢，換來的就是這個？

□

蕊秋休假回來的第一天，小嬅就傳來關於她的消息。

「天啊大消」剛在位子裡坐定，鄒育楨就收到小嬅在四個女生的群組裡發來的訊息。「息」字姍姍來遲，一行字緊隨其後：「我放在聽到老婆跟人事部控訴形式可愛！」

鄒育楨正努力破譯這錯字連篇的訊息，新的文字又冒上來：「我剛才聽說蕊秋向人事部控訴自己被性騷擾！*」

鄒育楨眨了眨眼再看，確保自己沒有讀錯。「就是上次警衛那件事嗎？」

「NO——不——是！」幾乎是秒回。

群組一片死寂，如同一場大戲即將開幕前的黑暗。

「蕊秋控訴的對象是，老闆。」有別於平時咋咋呼呼的風格，這次小嬅特意完美地標註了標點符號。

胸口的躁動猛然升級，突突突地撞擊著體腔。

剛剛畢業進公司時，鄒育楨對老闆充滿畏懼——一個堂堂領導者，就是站在他身旁也像隔著千山萬水。嚴格來說他只是部門經理，但由於日常工作基本上都由他做最終決策，不知道什麼時候開始，大家都習慣叫他「老闆」。在鄒育楨的認知範圍內，他也的確就是老闆。員工聚會中，老闆幾次主動來到鄒育楨身邊和她交談，她觀察到他深厚的雙眼皮裝飾著黑白分明的眼睛，說話語氣平緩，目光和微笑卻都像經過運算，使她不敢掉以輕心——到底是老闆，她時時刻刻正襟危坐，深怕失態。

鄒育楨並不喜歡這些用來聯絡員工感情的聚餐，只要老闆在場，所有人都很拘束，難以做到放鬆聊天，遑論拉近距離。公司雖不興灌酒，可黃湯下肚，部分男同事就會出現超出平常範圍的肢體接觸。她不能公然動氣，否則就成了難搞；也不能乾脆不出席，否則就是不合群。這些表現雖不會在年終評核時被明著討論，但老闆對於在聚餐中能說會道，逗樂全場的人，眼裡總是多了幾分暖意，業務的分配也與之有著分不開的關係。

蕊秋的事情很快傳開，已經聽說的人和還沒聽說的人之間，臉色有著微妙的不同。對望時，知情人的目光裡是一抹神祕的微笑，不知情的人則是禮節性的木然的笑。

下午兩點半，老闆終於第一次從個人辦公室裡走出來。他沒有像平時那樣向經過的同事打招呼，而是目不斜視地直奔樓梯間。

老闆一離開，恰巧蕊秋也不在座位上，眾人就誇張地喘著氣，像潛水許久後終於浮出水面。

「到底是怎樣啊？」語調是虛張聲勢的憂心。

「靠！怎麼工作啊！」

「所以……是眞的？」

「什麼？」

「就——蕊秋說老闆——那個？」

「哪個？」戲謔的口吻。

「哪個？」焦慮的口吻。

「哈？不會吧？你沒聽說？」

「聽說什麼啦！」

一旦有人說破，就像一道防火牆被衝破，誰也沒有了顧忌，七嘴八舌地表示著震驚、疑惑、失望、興奮。

鄒育楨坐定在位子上，手指敲打著鍵盤，耳朵卻高高豎起，打了兩、三行字，她竟不知道自己都打了些什麼，抖擻了精神閱讀，螢幕上赫然寫著：難怪老闆一大早臉就很臭你沒發現嗎？

她忙按下刪除鍵，心驚地掃視周圍。

降低成本、雙贏局面，降低成本、雙贏局面，她一遍遍地告訴自己。牢牢地唸著這八個字，頭腦卻像齒輪失靈的機械一般，運轉不出有意義的活動。

這時，周圍發生了異樣的變化。像一台機器被按下了關機鍵，原本已經沒入背景之中的轟轟聲猝然消逝，突如其來的靜默反倒刺耳。鄒育楨抬眼，同事們翻文件的翻文件，戴耳機的戴耳機。她的目光滑向辦公室門口處，肩頸不覺一緊。

蕊秋正一個人立在門邊，咬著唇環視眾人，眼裡滿是怨憤。寶藍色的雪紡上衣束進黑色鉛筆裙裡，光裸的雙肩上下不平，全無平日的婀娜光彩。

蕊秋聽見了多少？鄒育楨的心臟咚咚咚地跳起來，明明自己一句話也沒說。

蕊秋走回自己的座位。

辦公室回歸了安靜，鄒育楨無心打字，滿腦子是各種揣測和推理。再看時間，轉眼四十七分鐘過去了。她起身，打算給自己沖一杯咖啡提提神。還沒走到茶水間，她聽見裡面傳出吵鬧聲。

「來對質啊！」

還沒來得及細辨聲音的主人，就見蕊秋氣呼呼地衝出來，臉色漲紅。

「欸！妳瘋了啊！」蕊秋身後竄出羽薇和小嫜，一人一邊拉住蕊秋。「我們隨便亂講的啦！妳幹嘛！開玩笑都不行喔！」

「玩笑！最好是玩笑！」蕊秋不管不顧地叫著，愈是被人拉住，氣勢就愈旺，雙臂胡亂揮動著。

在羽薇的好言相勸之下，蕊秋才鬆開力，轉身向兩個人說道：「妳們以爲他是什麼好人啊？我一開始也被騙了好不好！以爲他是什麼好人！後來我才知道他的眞面目！妳知不知道上個月他跟大家說家裡有事，年度出遊要改期，害得大家又是取消休假又是調整會議行程，搞得雞飛狗跳，其實他是去看球賽！」

三三兩兩的同事走進茶水間裡，目光若有似無地飄過來。

「球賽！聽懂了嗎？媽的是球賽！忽然到手了幾張好票，他就隨口亂編！他就是這種人！」

衆人無話。鄒育楨猜想他們和她一樣困惑：就算蕊秋所說屬實，她所揭露的行徑和她的憤憤不平未免不成比例。

「我告訴你們！」蕊秋又出一擊。「他帳目都是做假的！」

衆人臉色一凜，站在咖啡機前的同事也忘了操作機器，空杯子凝在機器口幾公分處不動。

蕊秋掃視四周，嘴邊浮現一絲勝利的笑，「你以爲我們部門的聚餐爲什麼那麼少？每年都只有一個大餐會？告訴你們！他都會把批下來的預算撥出來，給自己家人用！我上次看到了，他口口聲聲說租不到Prose Bar，結果我明明就看到他帶著老婆小孩一起去！那個明明就只開放給企業活動！」

聽罷，衆人的臉又恢復了生命力和彈性——原來是這樣，哪裡論得上什麼做假帳。

小題大作。

蕊秋並未察覺到聽衆們的表情變化，依舊滔滔不絕地說著細節。說完，她滿意地哼了一聲，自顧自地泡起咖啡來。

同事們呆站了一會兒，試探地朝門口緩步前行，見蕊秋只顧著喝自己的咖啡，並沒有留意旁人的動向，便一個個離開茶水間。小嬅和羽薇朝著蕊秋的背影遞眼色，脫身的僥倖之餘是深深的厭煩。

就在幾天後，小嬅又傳來消息，人事部啓動了正式的調查程序——這是基於「女性話」的施壓。女性話是公司在年初簽約的公關合作夥伴，趕在Metoo運動蔓延全球之際，公司爲了宣傳自己對性別平等的重視，把提高女性主管的比例定爲當年的目標。

聽說了蕊秋的控訴之後，女性話的項目負責人安霓堅持參與調查。鄒育楨是蕊秋的指導前輩，口風緊也是出了名的，因此被邀請加入其中。

下午，羽薇把鄒育楨拉到一旁，左顧右盼，確認了身旁無人才道：「妳……打算怎麼做？」

鄒育楨不解地說：「不知道，反正就去幫忙吧。安霓說，可以約蕊秋下班後喝點東西，聊聊之類的，在辦公室以外的地方說話。」

羽薇蹙眉，吸了一口氣要說話，卻又咬住唇，眼珠咕嚕嚕轉動著。「勸妳不要。」

「什麼？」

羽薇嘆了氣，只顧著重複同樣的話，卻不做進一步的解釋。

鄒育楨沒來由地生出不耐，沉默地望著她。

羽薇盯著地板看，臉上的情緒起伏著。良久，她才下了決心似地抬頭說：「蕊秋到底知不知道自己在幹嘛？把事情鬧大了，可是害人害己的事！她不爲自己害怕嗎？還想不想繼續做人？」她緊繃著一張臉，像是困窘得沒有辦法了。

鄒育楨聽罷，一股無名的反感湧上來，一時之間不知道如何反應，只好說：「我再想想吧！差不多該下班了，我們走吧。」

鄒育楨和程紹軒大吵一架之後，兩個人表面上若無其事，目光卻很少交會，下班回到家也不像似平常那樣互吐一天的煩心事，像都憋著一股氣，沒有吃喝拉撒以外的話題可談。那種低氣壓之下，鄒育楨以趕案子爲由，打包了行李就奔去羽薇家過夜。

羽薇朝她恍惚地一笑，說：「今天我要去一趟書店，妳自己先回家吧。」

鄒育楨回到羽薇家中，愁雲滿布的心情散不開，就搬出瑜珈墊做起運動。正做到最後一個動作，她聽見門鎖的聲響。完成深呼吸後張開眼睛，羽薇驚異的目光正像光束般集中在自己的大腿上。她低頭看，發現褲腿爬高了，兩條腿正暴露在空氣之中。她把褲子往下拉了拉，餘光瞄見羽薇敏銳地把頭轉了過去。鄒育楨無端端地生出不安，起身問：「晚上想吃什麼？我來準備吧。」

「不用啦，太麻煩妳了。平常在家都是妳煮飯嗎？那這幾天妳老公不就得餓肚子？」羽薇說。

鄒育楨隨便笑了笑。這是羽薇第幾次這麼問？進退兩難的眼神、欲言又止的姿態，典型的羽薇——本能地要當和事佬，信奉勸和不勸離。「不會啦，買外面的那麼方便。妳想吃中式還是——」

羽薇插嘴道：「妳要是想回家跟老公一起的話，隨時說喔。」

鄒育楨咬住牙，「知道啦，我想回家時，一定會主、動、跟妳說。妳不是喜歡我做的玉子燒嗎？我今天多做一點！」

「我都很怕拖住妳耶，怕妳老公不高興。」

鄒育楨不再吭聲，把瑜伽墊一點點捲好，為了確保兩邊對稱，比平時用上更多力道。

「要回家就別太晚，怕妳太晚回家不安全。」

鄒育楨微愣住，抓著墊子的雙手鬆開力，虎口因用力許久後陡然放鬆而散開一股熱度。那是委婉之中再清楚不過的逐客令嗎？心軟的羽薇，客氣的羽薇，對她下逐客令了嗎？

——是她的褲子太短惹的禍？羽薇老公不在家，可她早前的警惕眼神，這下鄒育楨倒是想不到其他解釋。

好幾年前，鄒育楨和羽薇一起坐公車，聊起對婚姻的憧憬，鄒育楨說，就算結了婚也不會放棄每年一次的單獨旅行。羽薇聽了，挑高了眉毛說結婚的意義就在於和老公同床共枕。鄒育楨本來只是隨口說說，羽薇的大反應倒使她感覺自己偏離了某種道德標準，她不免要為自己辯護：「一年四季那麼多天都同床共枕，旅行一下沒什麼大不了吧！不是有句話『小別勝新婚』嗎？」

「我媽說，和老公分開睡絕對不可以超過三天。」

鄒育楨聽出這話裡有內容，還沒想明白，羽薇又說：「懂了嗎？只要超過三天，就會出事！」她眼眶凹陷，一臉的驚魂未定，卻是睥睨的眼神，像個高人在給凡人透露天機。公車猛然煞住，車身結結實實地震了震，鄒育楨眼明手快地抓住了扶手。司機的罵咧咧聲傳來，公車早已停下，但鄒育楨仍有種被吊高了的感覺。

羽薇那見了鬼似的表情，如同一道黑影潛入鄒育楨的心裡。羽薇竟爲了這樣的見識而自鳴得意。她還有救嗎？或者，倒是自己過於天真了？

當時的羽薇就是眼前擺弄著鍋碗瓢盆的羽薇，無神的目光並不隨著手中物而移動。鄒育楨如夢初醒。這些天來，她還當羽薇掛心的是她的幸福，擔心的是她的婚姻。

鄒育楨將瑜伽墊提起來，縮著肩弓著背回到客房裡將衣物收拾好，順水推舟地離開了羽薇家。帶著點捲鋪蓋逃走的味道。

回到自己家門前，她做了一道深呼吸才扭開門把。一進門，她感到空氣中有種說不出的怪，不像平時要麼烏漆抹黑要麼燈火通明，不徹底的昏暗令她有點毛骨悚然。她不知怎的徑直走向廁所，第一個念頭是扭開水龍頭，經過臥房時發現門半掩著，屋子的光明就是裡面透出來的。她輕輕推開門，見棉被像一座小山聳起。接著，她看見床尾處的

第五章

哥哥的身體起了一連串的變化。好不容易結束了變聲期，說話不再像一台故障的無線電那樣斷斷續續，又輪到體態變得古怪。個子抽高，卻因爲駝背而顯得整個人圓乎乎的。酷愛過大的T恤，垮褲掛在屁股中部，走起路來搖搖擺擺帶點不良少年味。最惹人注意的，還是他的狐臭。鄒育楨本來沒聞過那種氣味，本能地啊了一聲捂住鼻子，張揚地四處找犯人，直到媽媽走出來，戲謔地對哥哥說，「連妹妹都嫌你臭。又沒洗澡吧？」

鄒育楨忙閉上嘴，暗怨媽媽那麼隨心所欲地揭發她。當時的哥哥性情已然乖戾，一不順心就虛張聲勢地朝人舞拳恐嚇，凶狠地露出平時不見光的牙齦。她可不敢公然地說他什麼。誰知，哥哥聽了媽媽的話非但沒有不高興，反而瞅著媽媽和鄒育楨發出山洞回音般富有節奏感的笑聲，像是滿意於自己的身體竟有如此大的法力。鄒育楨見狀，早先的惶恐被一股惱怒取代。

除了生理上的變化，他的行爲也變得反常。他好像忽然對爸爸產生了濃厚的興趣，三不五時地去父母房裡，一會兒跟爸爸借刮鬍刀，一會兒拿著一疊紙和爸爸說話，一說就說上幾個小時。

一個週末，鄒育楨睡到了中午才起來，發現媽媽獨自在家。爸爸出門向來都要帶上媽媽隨侍左右的，鄒育楨便問媽媽其他人都去了哪兒。媽媽低頭撿拾著廁所地板上的落髮，沒顧上回答。父子倆就在這時一同從外面回來。爸爸去房裡休息後，媽媽才慢半拍地哼了一聲，「他們是去泡了桑拿浴回來！妳哥哥說，有個新開的店打折，說什麼，爸爸脾氣差是因爲休閒活動太少，帶他放鬆放鬆就會好起來！」哥哥就在一旁，媽媽卻像他不在場一樣只對著鄒育楨一個人說話，音量卻又很大。

連鄒育楨這第三者都能聽出媽媽的話酸溜溜的，在冰箱旁喝飲料的哥哥卻無甚表情，只是駝著的背顯得更厚實了，像一個防身的龜殼。在鄒育楨看來，如果哥哥能讓爸爸高興，家裡能太平些，並沒有什麼不好。媽媽卻冷冷地笑著，像是威信遭到了挑戰後，等著看對方好戲的味道。

此後家裡經常出現一道風景：哥哥揹著健身包坐在沙發上等待爸爸從臥房裡出來，屁股掛在沙發座前端，方便隨時起身。爸爸卻遲遲不現身。偶爾能聽見他在房間裡講電話的聲音。哥哥就在客廳裡來回踱步，無怨無悔的樣子令人想起忠犬八公。

某天，父子倆剛剛出門沒多久就回來。爸爸心急火燎地衝進家門，而哥哥搖著爸爸的手臂嘀咕著：「好了好了別說了。」

爸爸對著媽媽嚷著：「他那個大奶子！簡直嚇死人！」鄒育楨頓覺異樣。爸爸居然使用了「簡直」兩個字，那絕不是他自己的用字遣詞，太文雅了。而答案很快揭曉。「剛剛在桑拿室撞見阿爸，阿爸說哥哥的奶子大得跟女人一樣！」他口中的阿爸是鄒育楨的叔公。阿公早逝，叔公就認了爸爸做乾兒子，兩人談不上親厚，可偶爾會請叔公來家裡吃飯，過年過節也會送禮，他在場時爸爸就會變得像學校優等生般沉著恭謹。

十三、四歲的少年爲了耍酷多半表情冷漠，哥哥難得擰著臉、死乞白賴的樣子便很是醒目。可爸爸依舊哇啦哇啦地說個不停，「這孩子也不胖啊！哪裡有毛病了吧！」眉毛一會兒吊起一會兒呈八字，像是拿不準到底該發怒還是嗚冤。「一天到晚說什麼去溫泉啦去桑拿啦！」右手背擊打著左手掌，左手背又擊打著右手掌，強調著那種來回反覆的可笑性。「跟個娘們一樣！丟臉！」

一瞬間，哥哥如遭雷擊，停下了乞求也不再搖著爸爸的手臂，表情凝固住，像漫畫裡一張雪白而平面的臉。他無預警地瞥向房門邊的鄒育楨。兩人對上眼，他的目光旋即變得哀怨，嘴角卻又奇異地揚起。鄒育楨迅速關上了門。

那天半夜，她被某種動靜驚醒。睜開眼睛，房間被月光照出一種流動感，四周的物品輪廓清晰。她凝神靜聽，乒乒乓乓響中是媽媽的高聲阻遏。她攥緊胸前的棉被。所幸，之後沒再出現更大的響動。

隔天，媽媽透露，哥哥把電腦鍵盤摔碎了。鄒育楨問原因，媽媽沒好氣地說：「老脾氣了。」可鄒育楨腦海中不斷回放著哥哥昨天那突兀的一瞥。

笑他的著裝無妨，指出他的狐臭無妨，說他胸大，卻讓他忍無可忍？

育禎很久之後才聽說，有種東西叫「男性女乳症」，是青春期常見的現象。

父子倆從此不再同進同出。鄒育楨怕爸爸會對此不滿，總是提著心偷偷觀察著父子間的交流。可爸爸靜靜地坐在沙發上，抬著一隻腳，瞇著眼目送哥哥出門，神情怡然。彷彿樂見哥哥如此，甚至像是鬆了口氣。父子間變得比從前還疏遠，就像交手後確認了彼此不是一條道上的兩個人，毫不戀戰地背道而馳，也無人出手挽救這個局面，好像這是理所當然的事。

只有一回，媽媽不經意地提到表哥要報考台大，爸爸驚得額頭皺成三、四節，「台大？台大？」哪怕是這樣的他，台大也總是知道的。鄒育楨只是沒料到他居然如同一般父母那樣，對高學歷稀罕至此。就在這時，哥哥很久以來第一次主動望向爸爸，完全是不由自主的，像士兵一時疏忽卸下了裝備。探究的眼神含著冤苦。

哥哥駝背駝得更凶了，走起路來像一隻穿山甲。他還添了個新毛病，雙手的五指對準了自己的胸前伸展、收縮、伸展、收縮，做包覆揉捏狀，嬉皮笑臉地說：「最喜歡大奶子了！」當然指的是女人的胸部。媽媽在一旁沒有制止的樣子，鄒育楨只能敢怒不敢言。從此對他更避之唯恐不及。直到他高中畢業搬去大學宿舍爲止。

可是胸部的故事還沒完。

鄒育楨十一歲那年，哥哥暑假返家。或許是很久沒見的緣故，他完全是副好脾氣的模樣，還爲她和姊姊買了禮物。鄒育楨興致高昂地聽他說著大學生活，預感到一種和從前截然不同的手足關係。

然而沒過幾天，她就聽見哥哥對著媽媽發脾氣。「說了多少遍了，還是一樣！妳要管教妳的女兒，不能那樣放！」

媽媽答了什麼鄒育楨聽不見。不一會兒，媽媽走進她和姊姊的臥室，見姊姊不在，對鄒育楨說：「等一下妳跟姊姊講一下，胸罩別放在床上，放進衣櫃裡或夾在衣服中間。妳哥哥看了不舒服。」

鄒育楨嚇了一跳。她沒想到哥哥竟會注意到姊姊的胸罩，更沒想到會爲此而感到不適。她當然聽過所謂的「妨礙風化」、「有礙觀瞻」，但聯想到的都是聲色場所，從沒想過自家人的一件胸罩能引起哥哥不快。

她感到噁心又憤懣。當時她正處於開始穿少女胸罩的階段，因而更有種切膚之痛。媽媽買給她的，是和內褲配套的少女胸罩，綴著粉紅色的蝴蝶結。睡房裡，她正挺著腰桿在媽媽和姊姊面前走秀，忽然門大開，哥哥闖了進來。她大驚失色，嗷的一聲撲到床上。哥哥怔住，背過身去問媽媽要錢——竟也不馬上退出去。她在棉被裡抗議，媽媽卻任由哥哥杵在原地和自己講著價。時間一分一秒地流淌著，屈辱在鄒育楨體內燃燒著。母子倆終於達成協定，哥哥才離開了房間。她早已羞憤至極，一把鼻涕一把眼淚地責怪媽媽沒立刻把哥哥趕走。媽媽不以爲然道：「自己的哥哥，有什麼要緊。」

聽了這話，鄒育楨更是泣不成聲，她形容不出那種被輕慢和欺騙的雙重打擊。而媽媽依舊在那兒疊她的衣服，像沒聽見似的。

她再也不會在上了鎖的廁所以外的地方裸露自己了，再也不會。是她大意。

□

「他做的不應該！」婆婆找鄒育楨談程紹軒出軌的事。

婆婆穿著圓領連身裙，花紋如顏料灑落一般，衣料上不見一絲縐摺，一看就知價格不菲。咖啡一端來她就咕嚕嚕地喝，隨後也不放下杯子。

「軒軒是不應該！」語氣果斷爽快，繃著的臉卻像被什麼東西擠得透不過氣。

鄒育楨沒有說話。

「媽媽會讓他好好反省，不讓妳受委屈。」她直起身子，像在證明自己的決心。

「我今天就讓他回家，沒事了。」說完這句話，她舉起杯子將剩餘的咖啡灌進嘴裡，又砰的一聲放下杯子。杯子沒對準小碟子上的凹槽，發出噹啷響。鄒育楨瞥見杯底殘留的斑駁液渣。

婆婆的強硬態度像噴霧噴向鄒育楨，爲周遭的空氣奠定了某種基調。鄒育楨身在其中，一點點的出格舉動都會萬分醒目。何況婆婆的話語句句是驚嘆號，沒有一個問號，這種情勢之下，分配給她的唯一路徑便是足夠脖頸上下晃動的，表示聆聽、受教、遵命的一條細道。

程紹軒遺傳到了婆婆的杏眼，目光卻截然不同，一個是火焰，一個是溪流。望著婆婆的炯炯眼神，鄒育楨陷入混亂當中：如果事發時，程紹軒情急之下來個惱羞成怒，先聲奪人，目光大概會是眼前這般。想到這裡，被反咬一口的驚怒侵襲她，滿腦子是那兩隻腳底板，腳趾緩慢地勾入床板內，床上的小山發生地震，節奏性的，節奏亂了的，失控的。

她咬著牙道：「媽，沒關係。不用急著讓他回來。」

婆婆的大眼睛睜得更大了。

鄒育楨低下頭補充道：「我們剛好想一想。」

「想什麼？」婆婆的眉毛抬了抬。

鄒育楨呆住，說：「我們的關係……」

婆婆聽見「關係」二字，笑了出來。「關係有什麼好想的？啊不就那樣！男人一時糊塗，不小心的！有反省，夫妻兩個互相包容就好！百年修得共枕眠！」

鄒育楨感覺到自己的腳踝彈了一下。

婆婆壓低了聲說：「而且事情有因才有果，軒軒都跟我說了。你們……找什麼諮商！這種東西有什麼好諮商的！」

碰的一聲，鄒育楨的腦神經像短路了一般。她萬萬沒料到程紹軒會把這事透露給婆婆聽，腦中刷地換上兩人在房中的畫面——更多是她。白皙裸體上的三塊黝暗是鬆軟的、皺緊的。婆婆全看見了：雙腿間縫上了最緊的針腳，無隙可鑽。兩人狼狽地徒勞地掙扎著。婆婆定是不能相信，而且是張揚地不能相信，接上張揚的嘲笑和張揚的憤慨。

鄒育楨調配著全身的力氣讓自己穩住，絕不能露出絲毫的情緒波動。

「夫妻間，和諧最重要！哪有這個不要那個不要的！那樣不好！」婆婆把頭晃得搖鼓一般。「女孩子喔，不要太好強！」

鄒育楨耳裡只聽得嗡嗡響，不僅震耳還漲腦。她在發抖，膝蓋幾度因顫動而撞上桌底。她極力忍耐著，出口的卻是含著威嚇的語氣：「媽，妳不懂就不要亂說。」此話一出，她更是呼啦一下猶如踩上了雲端。

婆婆的表情停格數秒，隨卽一笑，雙肩一鬆，嗓音不同了：「怎麼樣？嫌他性能力不好？不滿足？」她嘴角痙攣，「當人太太的！男生這樣搞太可憐了！」婆婆被自己一語點醒似地架起肩抽起氣來，「我跟妳講！新聞上都有爆！有些女人為了結婚，還去整什麼處女膜！什麼『全套針線活』！太可怕了！現在的女人！」

世界在晃。所有的直線都出現了弧度，周遭的聲音混成一團。

「妳不要以為我亂講！我告訴妳！我鄰居的朋友的小孩，先生烏太大，太太就去動手術，把下面撐大！」

眼前的人五官歪斜、齜牙咧嘴、瞳孔各自游離著，恰如變身為外星人的前奏。嗯、啊、嗯、嗯，喜歡嗎？鄒育楨不要聽，但她身體癱軟，卡住，動不了。

「我告訴妳，男人由不得妳這樣搞！軒軒這種好男人喔，找不到了啦！妳不要不知福！」

嗯……呃……喜歡……喜歡……

女孩子不要學芭蕾舞，下面會破，有理說不清啦。

懷孕沒辦法侍奉男人。

「操雞巴的閉上妳的嘴！幹！」清亮的吼叫如同利劍刺穿扭曲的四周，快刀斬亂麻地使歪斜的線條全體恢復原形。

婆婆的杏眼淡下去，她的人淡下去。鄒育楨試圖動一根手指，卻像被點了穴似的，淨是徒勞。

□

回到辦公室以後，一直到和客戶開會時，鄒育楨才恢復了神智。她才相信，剛剛發生的一切都是眞的。她沒有惶恐，身體卻不住顫抖，像咖啡喝多了而身不由己的悸躁。

程紹軒的所有缺點一一羅列在腦海中。最可惡的是他乒乓球似的目光，要麼投向婆婆要麼投向自己。最常見的姿態是耷拉著肩，等待別人的指示、發落、原諒、安慰、教育。大學科系和職業是公公說了算；結婚是鄒育楨媽媽的決定；婚房是婆婆決定，若不是鄒育楨堅決反對，兩人還會和公婆同住。做愛與不做愛是鄒育楨決定，包括看諮商師、取消會面……沒有一個例外。她愈想愈惱，簡直想不明白自己怎麼會選了這樣一個人結婚。眞探究起來，她胸口又不由得一堵——還不是因爲他不逼著她做愛，她心存感激，才一路交往下去，兩個人後來又進展到了只差最後一步的地步，儘管沒有越線，她已覺失足。媽媽命令他們結婚時，她實際上鬆了一口氣。

她約了小嬅她們下班後喝一杯。

聽著抓姦在床的故事，三個女孩屏住呼吸一動不動。鄒育楨觀察著她們的表情，努力地從中認清，自己所目睹到的案發現場是眞的。

過了很久，小嬅拍拍她的肩膀，「可憐的孩子，臭男人，沒辦法。」

羽薇嘆息，「沒想到程紹軒會這樣……」

雯雯本來一句話也不說，見另外兩個人都望著自己，才說：「可以想像！」

衆人不解，雯雯又道：「聽說男人幾天不那個就受不了。妳最近都睡羽薇那裡，好久了吧？可以想像！」

鄒育楨睜大了眼睛，「什麼意思？妳是說我活該？」

雯雯忙說：「不是！錯肯定在他！我只是說……我可以想像！」

鄒育楨不可置信，正要反駁，餘光瞄見羽薇輕輕一點頭。

小嬅柔聲說：「妳不要擔心，他只是受不了誘惑玩玩，不會眞的離開妳！」

鄒育楨聽了這話，原本的怒氣被扎破似地扁下去，空虛之餘是新生的另一股氣。就一眨眼的工夫，同事們像個個改了面容，嘴臉討厭了起來。「聊點別的吧！」

衆人察看著她的眼色，不言語，最後還是鄒育楨輕鬆地說：「男女之事眞煩，小嬅，妳跟妳男友是怎麼認識的？」

小嬅起先不太好意思，有些僵硬地開口，說著說著漸漸神采奕奕起來：「我們兩個都喜歡集郵，在同好會上認識，有一天有個活動在郊外，他載我去，送我回家的路上，在車上我喝了咖啡，他說我嘴邊有泡沫，忽然就湊過來親我！」

羽薇說：「哇嗷！」

「都沒有經過我的同意！趁人不備！那是我的初吻耶！我都說他是強盜！」

小嬅和羽薇笑成一團，笑到半截又瞅一眼鄒育楨。自是出於體貼，鄒育楨卻只覺厭煩，暗悔把這群人聚起來訴苦。她哼了一聲說：「有點可怕耶，眞的是強盜行爲。」

小嬅的笑臉僵住。一桌子的人都看著鄒育楨。

鄒育楨意識到自己過分了，只得擠出笑，「第一次，眞的那麼特別嗎？倒讓我想起一件事。」

大三暑假，鄒育楨打了份工，職務內容是在開學季迎接新生，幫助他們安頓下來，適應新生活。一天，有個男子向她問路，是個讀研究所的新生，兩、三句話後便說：「妳電話多少？我有別的問題可以問妳。」

鄒育楨老老實實地把號碼給了他。

當晚，他就邀她一同吃飯。

兩個人約在車站碰頭，他領著路，說起自己曾留學倫敦，而那兒的房價多麼不合理，他的同學有了孩子，不得不舉家搬到了希斯洛機場附近，因爲只擔負得起那一區的房子。說著，他轉身走進一棟大樓。

電梯在十樓停下，兩個人走進餐廳裡，四面的玻璃牆望出去是一片霓虹燈海。

「想吃什麼？盡量點！」

鄒育楨看著菜單，內容令人眼花撩亂，她只看得懂牛排，說：「請給我這個。」

男子忙說：「這裡的烤蘑菇才是招牌菜！點兩份烤蘑菇！」

鄒育楨盯了主菜單那麼久，並沒有見到「mushroom」一詞。後來才知道，其中一個單詞「Portobello」是種菌帽又大又寬的蘑菇。

說不上嚼勁十足，但難以咬破，她吃起來相當費力。男子望著她吃，滿臉微笑，彷彿很滿意於自己爲她開了眼界。

結束時男子搶著買單，鄒育楨也隨他。因爲一整天她都感覺自己被他到處牽著走。刷了卡，男子嘿嘿笑，「這樣妳就會永遠記得，我是第一個請妳吃蘑菇的男生。」

小嬅叫起來：「噁心！性騷擾！」

鄒育楨愣望她。「嗯？有嗎？」

「當然！那是語言性騷擾好嗎！聽說十個女生當中就有一個遇過性騷擾。」

小嬅說起自己曾下了火車後被人叫住，回頭看，那人指著她的裙子說，「去弄乾淨吧。」小嬅剎那間臉紅心跳，心想日子不對啊，衝去公廁裡一看，卻是半白半透明的黏稠物正從牛仔裙後口袋噠啦噠啦往下淌。

雯雯問道：「什麼？鼻涕喔？」

大家盯著雯雯看。她又犯了老毛病，說些無厘頭的話。小嬅冷笑說：「妳覺得呢？」

雯雯不以爲然，舉手叫服務生，「可以幫我加水嗎？謝謝！」

小嫜說：「其實也不只是女生，男生也會遇到。」

「什麼意思？」雯雯忽然又來了興趣。

最近一次的同事聚餐中，崇宇喝茫了，對鄰座的小嫜掏心掏肺，「我中學時住學校宿舍，有一天早上醒來，發現自己的褲子拉鍊是開的。哇，好、好大一灘。跟妳說，我，呵呵，我都沒那麼大灘過。早、早上，學長玩笑說『小心、小心半夜來上你』，我、我都覺得很好笑。之後有一天、看到隔壁床的人在、哭。彎下身、身，背對著我們哭。再、再後來，發現整個宿舍的人，哈哈，都有過啦。那、那個學長有女朋友喔。」他狂笑起來，滿臉漲紅。

小嫜頓住，「喂，羽薇，妳怎麼了？臉色那麼可怕。」

羽薇眼神疏離，不作聲。小嫜推推她，她還是痴痴傻傻的。

小嫜不住地問她，她才說：「在我七、八歲的時候，有一天叔叔來家裡作客，他進來我房間，忽然把我舉起來，用力親我的嘴巴……」

小嬅驚呼：「怎麼會這樣？」

雯雯雙眼睜大又消下去：「妳確定不是作夢嗎？會不會是扮家家酒記錯了？」

羽薇呆望著前方，像進入了另一個時空裡，聲音氣若游絲：「我記得那種感覺，像被吸進了眞空裡，窒息一樣……」

鄒育楨的手臂起了雞皮疙瘩。「太可怕了！妳有跟妳爸媽說嗎？」

「長大後說的……我媽媽沒說話……我爸爸說……『沒有吧！』他看起來不高興……我就沒有再說了……」

小嬅一把攬住羽薇，「什麼十個人裡有一個，我看是十個人當中只有一個沒遇過吧！」

「那……蕊秋的事呢？妳怎麼看？」鄒育楨問。

小嬅立即鬆開手，「拜託……我才不相信老闆是那種人。再說，她整天穿成那樣，如果有什麼，妳確定不是投懷送抱？妳沒看她平常跟老闆講話的方式嗎？那些男生嘴最賤了，但也不是沒有道理，現在的女人很可怕，要小心別『被婊』……」

□

鄒育楨的行事曆出現了會議邀請，通知她參加老闆和蕊秋之間的對談會議。蕊秋的說法是，聚會結束後，老闆假借讓她幫忙拿東西之名帶她回辦公室。兩個人進了老闆的辦公室後他就撲上來，蕊秋掙扎了很久都脫不了身，還好老闆最終沒有成功插入，因爲在最後關頭她來了月經，老闆嚇醒了也嚇軟了，穿上褲子落荒而逃。

走道和一樓監視器捕捉到的畫面都和蕊秋的陳述一致。

老闆苦笑，「太可笑了，那天我帶妳去拿東西，妳忽然爬上來，我說我有家庭，別亂來，妳也不退下，我當然急急忙忙逃走。」

「你這個騙子！」

老闆交叉的雙手靠在會議桌上，「我說的是實話。」他環視人事部同事和安霓，「你們問問辦公室裡任何一個人，蕊秋平時就愛偷懶，已經很多人跟我反應了，我都覺得年輕人想法本來就不同，要多給機會，他們自有一套方法，想不到會是這樣的『方法』，本來我還想多給她一個機會，沒想到她這樣搞我。」

鄒育楨知道老闆所說的同事反饋不是平空捏造。

就在蕊秋入職的第二週，小嬅把一些客戶資料分成數等份讓同事們幫忙輸入到電腦裡。鄒育楨接過來翻了翻，兩頁，字體不小，目測半小時內可以完成。她打開新的Word檔正要開始，聽見斜對面起了爭論聲。一開始是電鍋快煮開似的悶悶騷動，接著聲響愈來愈大，她扭頭看，小嬅正立在蕊秋座位旁，眼神緊鎖著對方。「沒有很多，我只有分配一頁半給妳，手腳快的話二十分鐘就可以搞定！」

蕊秋直視著小嬅說：「不是量的問題啊，為什麼都分給女生做？這些雜事應該所有人輪流做啊！」

小嬅捏著文件，撐在桌面上的手臂支撐著她整個身體的重量。「小事而已，幹嘛斤斤計較？而且妳才剛來，輸入資料的過程中也可以熟悉客戶！」

周圍五、六個同事在鍵盤上打著字，眼神卻不安分地溜來溜去。

小嬅的話還沒說完，蕊秋已經揹起她的斜肩包。「這個明天一大早就要嗎？」

小嬅愣了愣。

「不是的話我明天上班第一時間完成，真的！說到做到！」她欠欠身子，「抱歉喔我明天就做！各位，我先走囉，大家別待太晚喔！」說著飛也似地消失。

如果早知道那些行爲會在這種情況下被搬出來討論，蕊秋還會做同樣的選擇嗎？鄒育楨的下腹漫開一陣麻癢感，是種橫衝直撞之中踩了個空，卽將滑倒的失控感——不詳之中帶著自作孽的自責。

蕊秋垂首，頭搖啊搖，兀自笑著，就是不說話。在場的人都納悶地望著她。終於，她從自己的斜肩包裡掏出手機，點開某樣東西，手機隨卽傳出聲音。

「你瘋了嗎！滾！走開！幹！」

「妳好香啊，櫻桃好——」

老闆臉色大變，撲上去搶手機，蕊秋眼明手快地把手機奪回來，按下停止鍵，「還要聽下去嗎？」

老闆的臉已如豬肝色，面部肌肉因爲過於用力而呈現一種塑膠感。他低頭不語，半晌，又笑起來，「那我問妳，妳那天沒有一點高興嗎？」

蕊秋的太陽穴青筋隆起，「高興你個屌啊！幹你娘操雞巴！」

鄒育楨走了個神，注意到卽便是在這種時刻，蕊秋罵的也是「娘」。爲什麼不罵

「幹你爹」？不，光是去想像，她自己都一陣抽搐——祖祖輩輩的層層疊疊的權威禮教壓上來。

老闆依舊笑著：「那，妳爲什麼那麼濕？就跟——淹水一樣。」

鄒育楨一驚，恍如被銬上十字架動彈不得。記憶深處的聲音回響在腦海中。

「好噁哦，女生耶！竟然看A片！」

「你沒聽說過嗎，女人是愈老愈『欲壑難填』！」「什麼？什麼玉什麼天？幹嘛突然講成語啊！」「欲——『壑』——難填！哈哈哈！」沉默。「還是聽不懂？翻譯給你聽——三十如狼，四十如虎，五十坐地能吸土，六十隔牆吸老鼠！」「哈哈哈哈哈！幹！太猛了吧！」鄒育楨早已全身發熱，只得將課本高高豎起，遮蓋自己的臉。

媽媽的臉逼近，發紫發黑，「妳剛剛在幹麻。再讓我發現一次，我會告訴所有人。」

原以爲按蕊秋的脾氣一定會跳起來發狂。鄒育楨腦中已經浮現她抓起鋪滿眼前的紙張胡亂擲向老闆，爬上桌台要和他廝殺的畫面。然而蕊秋的臉頰僅僅一抽，旋即轉頭望向別處，表情沒了生機，只有眉眼隨著呼吸一起一伏。過了一會兒，她略揚起下頷，

第六章

姊姊總是在逃。

那一天，延畢了幾個學期的她，終於收到成績過關的通知單。她把這好消息分享給家中的每一個成員。

先前叔公來家裡吃飯，聽說姊姊仍未畢業，放下筷子說：「讀了快六年還沒畢業！」那種驚異狀，不知道的人會以爲姊姊是向高利貸借了錢。爸爸呵呵笑了兩聲沒接話，可等叔公一走，他就心急火燎地追問姊姊的學業情況，此後一日三遍地關心她何時畢業，急得像古代皇帝等待第一個龍子出世。

收到通知單不到一週時間，姊姊卻說還需要再讀半個學期補學分。問她理由，她淡淡地說爲了更好的就業前景。

爸爸大發雷霆，家中迴盪著他高分貝的罵罵咧咧，其中一句話被多次重複：「太亂來了！變來變去！收到通知那天還、還把嘴唇塗得紅彤彤的！整個紅彤彤的！」

延畢一事和嘴唇紅不紅有什麼關係？何以那樣緊抓不放地說，彷彿那是問題的關鍵所在。鄒育楨聽著分外刺耳。

姊姊只是垂著頭逃。

然而，姊姊不是自哀自憐的人。她去逛商場，購入垂著貝殼珠串的髮箍，換上一襲素白的連身裙，只看上半身，頗有古裝美女的樣子。媽媽興高采烈地舉著相機，彎腰調整著角度，發出各種指令。那段時間姊姊很愛逛街，平價衣物一件一件的買。

一天，哥哥和平時交好的鄰居不知怎地吵了起來，轉眼就髒字交戰，鄰居迸出一句話：「狗養的！幹你媽！幹你妹！」

哥哥立刻像頭猛獸般衝上去，兩人剎那間扭打成一團，先發制人的哥哥佔了上風，幾拳嘩啦啦地落在鄰居身上，同時回敬著「三字經」，極快極急地，像怕被對方佔了先機，像那三個字是什麼必殺技。鄒育楨從沒見過哥哥那般發狂，眼睛翻白像喪失心智。

回到家關上門，哥哥圍堵住姊姊，朝她破口大罵：別搔首弄姿，別——！

吵架的起因，原來是鄰居說姊姊兩條腿那麼白嫩，天生就是給人意淫的。

比起姊姊本人，彷彿是哥哥受辱更深，他張牙舞爪，徹底地禁受不住。鄒育楨看著，不知道爲什麼，比起鄰居的惡言，哥哥的反應更令她心灰意冷——像是被人握住了軟肋，束手無策之下的氣急敗壞。

而姊姊臉上是她陷入紛爭時的一貫笑容，一種不放在心上的，不與人較眞的，甜甜的苦笑。她叨叨著肚子痛，逃進廁所裡。

待她從廁所裡出來時，哥哥已經去忙自己的事了。事情翻篇了，她逃過一劫。

只要逃，就可以了。

姊姊也並非特例。

進入中學時，學校出現了謠言，幾個男生用修圖軟體把某個不久前轉學離開的女生的臉移花接木，安在網上找到的裸照上。鄒育楨起初還不信，直到照片傳到她的電子信箱裡，她才眼見爲憑。

裸體女子抱著貓咪、裸體女子側躺在沙發上、裸體女子修剪花草。膨脹的乳房中央是扎眼的凸點，周圍是大面積的乳暈，一種不徹底的粉褐色。渾圓的屁股蛋沒有一絲細紋。全是那女同學的臉，同樣的三種表情交錯在無數的裸照上。

學校沒有正式公認的校花，但在鄒育楨心中，那個女生擁有全校最亮麗的面容：眼睛大而明亮，眼尾翹著，每次眨眼都像有條色彩斑斕的鯉魚現形，散發著電流。而只因如此，這件事不發生在別人身上偏偏就發生在她身上，似乎就變得有那麼點情有可原。

某天打開電子信箱，鄒育楨收到一封來自那女生的群發郵件。「幹你們所有人！幹學校裡的所有人！你們通通會下地獄！」

她父母來找校長談判，談判的結果是，那幾個惡作劇的同學被罰停學數日。鄒育楨沒有親眼見到她父母，只聽同桌說：「全家浩浩蕩蕩地來學校，那麼大陣仗，以爲自己是誰啊！」

不到一年時間，那女生因爲什麼原因而又轉學回來，某天鄒育楨打開信箱，又發現一封來自於她的群發郵件，內容是爲之前罵人的郵件道歉。

隔天，鄒育楨經過操場，見到她獨自穿過走廊，沉靜的臉低垂，連眨眼也是小幅度的，像是怕驚動了誰。她踩著碎步走得很急，樣子像逃。沒有鯉魚了，電也沒了。

砰的一聲，鄒育楨往前撲倒。

背後響起匆忙的腳步聲。「還好嗎？」

睜眼一看，一顆足球在身旁滾動著。班長彎下腰來關心她的傷勢。她欠欠身體，連連說沒事、沒事。她頭發暈，只得坐在地上不動。遠遠的，她看見足球場上是那些惡搞照片的男同學，運動衫在陽光下呈現大片濕漬。他們個個揮動著手臂叫囂著，讓班長趕緊撿球回去。

□

鄒育楨回到自己家中多日，還是一步也不肯走進臥房裡。裡面還是案發現場的模樣。她睡在客廳的沙發上，每每半夜醒來，一時半刻還認不出周遭，卻會先被一種沉甸甸的感覺擒住。抓姦在床的情景從模糊的影像化為輪廓清晰的畫面只消一秒鐘。牢牢印在腦海中的不是別的而是那種棉被的蠕動，病毒似地感染整張床。

在公司裡，她自告奮勇接下更多案子，把翻譯等雜務也攬在身上。主管斷定她是想在下一次的業績評估中拚一個升職，二話不說地把更多任務交付予她。

臨近七點鐘，一個聲音問她：「還不回家嗎？」

抬頭看，是上司Andy。

辦公室裡轉眼只剩下他們兩個人。鄒育楨笑笑不語，怕引來對方進一步的關心。

「要不要一起去吃飯？最近蕊秋的事妳也辛苦了。」Andy意味深長地一笑。

他們去公司附近的一家黎巴嫩餐廳。Andy很久以前就提過想和她一起去吃的。整個部門只有他們兩個人對這種少見的異地料理感興趣。

門口擠著排隊的客人，Andy老練地說內用可以直接進餐廳。鄒育楨縮著身體穿過兩個等外帶的男人之間。就在穿梭的當下，站在右側的男人將手安在了她肩上。她穿著無袖上衣，略感不適，抬眼瞅他，對上他流光溢彩的痴笑。他的手始終包覆著她的肩膀，並不移開。她下意識地回頭確認Andy還在自己身後，那人跟著看到了Andy，馬上收回手斂起笑。她注意到了這一點，心中更加不悅。Andy跟上來後，她向他抱怨起那個人來。

說著，Andy回頭，因為那人拍了拍他的肩膀，一邊指著鄒育楨質問道：「她有事嗎？」顯然是注意到了他們的談話內容與他有關。

Andy直視著那人說：「你摸了她肩膀。」鄒育楨沒料到他會這樣回，不由得一驚。

那人跳起來：「是她擠到我了好嗎！幹！」

Andy說：「你不要罵髒話。」

鄒育楨見Andy動怒了，也察覺出了那人不對勁，拉著Andy的袖子說：「別理他了。」同時向那個人道歉。

那人卻不依不饒，重複著同一句「她有事嗎？」質問也很快變作恐嚇：「叫她有屁就放，我一根手指就能把她揍個稀巴爛！」

Andy不作聲，紋絲不動地直視著對方。對方更惱火了，轉眼就拉起袖子像要揮拳。鄒育楨腦中立刻警鈴大作，雙臂打顫。這是她生平第一次碰到「壞人」，完全沒有經驗，有種超現實的感覺。電影裡那些打打殺殺的畫面就要發生在自己身上了嗎？她不會武功也沒有武器，對方虎背熊腰的，相比之下Andy文弱纖瘦，手長腳長有什麼用，在流氓跟前不過是掃把柄一樣的東西。

她只剩息事寧人的念頭了，連續不斷地道歉。那人卻愈發激動，眼看就要衝上來了，幾個餐廳員工就在這時趕來架住他，一邊把鄒育楨和Andy拉到後廚躲避。

後廚裡不知道爲什麼空無一人。四面白牆之中，不鏽鋼器材冰冷而沉默地排列著。鄒育楨提著一顆心細聽門外的動靜，卻實在聽不出什麼所以然。

過了一會兒，店員開門，安慰她說：「那個人是喝醉了。妳要不要喝水？」鄒育楨搖搖頭。又過了一會兒，店員才把他們請出來，帶往餐桌。還沒坐穩，一個店員驚慌地朝他們揮手，示意他們躲開。原來那個人又闖了回來。鄒育楨和Andy這回又被帶進了沒有燈的控制室裡。

兩人靜靜地立在裡頭，她的心狂跳不止。「你別再跟他說話了，我不希望出事。」

Andy說：「那妳也不要跟他道歉。」

門外依舊是那人的大呼小叫。

兩個人再次被領了出來。店員親切地遞來兩瓶水：「來，壓壓驚，別放在心上！有些人就是喝了酒就自以爲老大！這也是爲什麼餐廳不讓喝醉的客人進來的原因！」

鄒育楨不做任何表示，店員就一再地把水瓶往她身上推，她勉強收下，滿腦子只有Andy的那句「妳也不要道歉」——完全出乎她意料。從來沒有人告訴過她，不要道歉。她的服軟是不假思索的，膝蓋反彈一樣的條件反射。

那種體型上的優勢、翻臉的速度、耀武揚威的姿態……鄒育楨明明是第一次在外面碰上「壞人」，一切卻是那麼的熟悉——

爸爸讓鄒育楨替他搥腿，那是她從小做慣了的，年紀愈大她卻愈恨這個任務。搥腿時，爸爸舒舒服服地靠在枕頭上，懶洋洋地端詳她，像潛心研究一道風景。「妳很漂亮，妳知道嗎？」

她不說話。

「長得像康彬彬，妳知道嗎？」是他那個年代的當紅女星。正因爲他常用這種愛戀的口吻提起康彬彬，鄒育楨明明沒看過她的任何一部作品，卻本能地討厭她。

她怕再不答話他就該動怒了，便若有似無地「嗯」了一聲。聲音沉沉地延伸著，像牛哞聲。她擰出笑，也不完全掩飾笑是擰出來的，而是故意露出點馬腳，一方面表達了對那讚美的感恩之心，一方面暗示自己並不完全高興。就像被父母訓斥的孩子，心有不甘也得在一定程度上表示接納，恰到好處才能避免激怒對方。

爸爸眨著眼睛像在思索什麼，陡然又嚴肅地說：「注意妳的手。」說完咧開嘴笑。還沒等鄒育楨反應過來，他往自己雙腿間的那包東西比劃起來，「別敲到不該敲到的地方。」他噗嗤一笑，「不然妳媽會生氣。」

她不吭聲。

他的目光在她臉上流轉著，很快就沉不住氣，又問一句：「妳知道意思嗎？」

她眼皮抬也不抬，搖頭。

「妳不知道意思？」

她再次以很小的幅度搖頭。

他靜靜地望著她，片刻後，微微一笑說：「沒事。妳年紀不到，不懂這些。」隨後輕輕地摸了摸她的頭。

他忽然又背過身去，換了個趴著的姿勢。意思是讓鄒育楨給他踩背。她深呼吸，是惡夢成眞時的自我打氣。她一踩上爸爸的背，他果不其然立刻發出呻吟，一腳一聲，粗啞得像是從體內的最深處發出，毫無章法，像完全無法自持，滿足而忘形的叫聲。漫漫長長變幻莫測的一聲聲嗯……嗯……嗯……她把腳抬上來懸在半空，數了五秒鐘才輕輕落下，不使力地。可他照舊叫他的——難不成，還是和踩背所帶來的舒爽無關，吟叫本身就是享受？她摀住耳屏，卻不管用，耳屏反倒形成了濾網，把聲音中的粗野成分剔除掉，獨剩那幽幽的哀叫穿入耳裡。她忍無可忍，狠命握緊了拳頭，指甲嵌入手掌肉裡，引起刺痛。他末了總要求以一隻腳踩脖子兩側來結尾。背部尚且隔著衣物，相比之下脖子的皮膚細嫩溫熱，腳底板的凹陷和脖子的凸起處幾乎嚴絲合縫，融爲一體。

等她下床時，爸爸好像忽然對自己的呼來喚去產生了自覺，倏地轉身瞅她，目光裡透著怕人生氣的察言觀色。她板著臉不發一語，因爲疲累而敢於不去媚笑。爸爸笑嘻嘻地盯著她看，等著她一同笑。她還是不做反應。無預警地，爸爸將小拇指伸進她的耳朵裡鑽了鑽。她大驚，跳開來。他嘿嘿笑：「癢了？喜歡吧。妳眞是調皮！」她始料未及，怒瞪他。爸爸登時變了臉，「爸爸開開玩笑，妳凶什麼？」

她心生怯懦，但還是壯著膽，瞪大眼說：「我不喜歡你那樣！」

他哪裡聽得了這話——「什麼態度？」抄起檯燈作勢要打她。

鄒育楨嚇得腿軟，跌到地上嗚嗚哭起來——這是千古不變的套路。他爆炸，唯一平息他的方式就是她哭。既是道歉也是求饒。須得縮著肩膀，通身愈是顫顫巍巍愈管用。

「知道錯沒有？」他吼道，手仍高高舉著。

她緊閉著眼，爲了更便於眼淚流出來，也是怒恨至極根本沒辦法正眼看他。

「知道錯沒有？」他把檯燈再揚高。

她已經滿身是汗，點點頭。再把身子垂得更低些，哽咽得更可憐些。

爸爸彷彿一時之間不知道該怎麼做了，檯燈舉在半空中不動，一會兒，他才放下檯燈說：「太不懂事了！一點都不懂爸爸的心！爸爸那麼疼妳！太不懂事了！」隨後猶嫌不足地補充道：「女孩子要溫柔！以後丈夫才會疼！夫妻才會和睦！」每個音都拉得老長，極力地表現出一種語重心長、用心良苦，一種自己暴動的情有可原。她抽噎著，光是強壓下心中的仇恨就竭盡了氣力：耍了一輩子流氓，自然不敢妄想別人不同，女兒的丈夫也不例外。依此管教女兒，倒還是他的盡職。

最終還是那一貫的方式收場。他將她的頭摁在胸口，是父女重歸於好的相擁。她的人暈了，憤怒漸漸痲痹了，抽抽嗒嗒卻還在繼續——還是生存本能兀自運作著。

□

那男子被Andy指控後的反應，比起慘遭栽贓的冤枉，更像是慘遭辜負的痛心。原本他對鄒育楨展露的笑是出於善意的，她卻向Andy告狀。是她有負於他。鄒育楨推開爸爸的小拇指時，他也是同樣神情，明明是好心跟她玩，她卻不知好歹。她駁了他們的美意，他們自當大打出手。

Andy拍拍她：「還好嗎？妳臉色不好。沒事，別怕，大不了報警。」他眨眨眼微笑道：「警察是站在弱者一方的。」

第二部——夾縫

第七章

阿姨上新聞了。她在街上被人罵了一句「老太婆」，就提出要將對方告上法院。兩個人爭執的畫面被路人拍成影片放到了網上。阿姨出現在電視新聞上，全家族的人都說她瘋了——阿姨成了孤軍，不僅得奮戰，還變得如同刺蝟，見了誰都撒氣。

整個家族中，爸媽各有一兄一妹，其中只有阿姨一個人離婚。她是公認的怪胎，說話一驚一乍，逢年過節的聚會中總要來幾句荒唐過火的話，令場面難堪。

鄒育楨連著兩年時間因爲生病沒有出席親戚圍爐，再和親戚們聚頭時，長輩們個個誇她長大了，成美人胚子了。吃著飯，電視播報起色狼出沒於各大公園的新聞，長輩們搖頭又嘆氣，勸導著鄒育楨放學後別在外頭遊蕩，天黑之前就得回家。「女孩子一定要保護自己。」

她一夜之間從一個黃毛丫頭晉升爲脆弱而珍貴的存在，衆人的關心全聚焦在自己身上，她不禁有點飄飄然。

阿姨把筷子放下，仰頭笑。笑了一陣，沒有人問她笑什麼，她也習慣了，自己爲自己解釋起來：「怎麼，這不是顚倒黑白了嗎？憑什麼是鄒育楨晚上不出門？」無人接話，她又很無奈似地解釋道：「政府應該制定新法規，讓你們這些長著陰莖的直男半夜不能出門才對！」

阿公一拍桌子：「長輩面前，說什麼瘋話！」

「長輩就沒陰莖嗎？爸，快九點了，你快回家，免得鄒育楨都不敢待下去了。」

「林方方妳給我閉嘴！」阿公怒吼。在座的人都一抖。

阿姨望著阿公露齒狂笑，目光卻不徹底，半分懼怕半分期待——居然還存在期待，以爲對方有可能被逗樂。

滿客廳的人冷眼瞅著阿姨瘋癲的笑容，身體不自覺地往旁傾斜，像她是某種瘟疫。她唯一的兒子，鄒育楨的表哥，掛著厚重的耳機，整張臉埋在湯碗裡。鄒育楨跟著端起碗喝湯，碗底捧得高高的，蓋住自己的視線，怕看見阿姨發瘋的樣子，也怕阿姨看透自己心底對她的鄙夷。窗戶半開著，馬路上沒有一點聲響，阿姨乾枯的笑聲在空氣中迴盪著，嘎嘎嘎，霸道而孤獨。鄒育楨暗自發誓，絕不成爲這種難看的大人。她要好好讀書，好好工作，好好結婚，做一個正常人。

打官司的事不了了之。阿姨沒錢請律師，去找法扶，也沒人肯接這個案子。此後，她鮮少出席家族聚會，也沒有人想念她。

近幾年，媽媽卻會悄悄地對鄒育楨說：「眞怕妳姊姊步上阿姨的後塵。」

□

按理說，戀愛方面姊姊應該比鄒育楨搶手才對。她骨架小，脾氣更小。眼睛不大但很明亮，五官纖細精巧，沒有任何出格的地方。每個人見到她都讚她秀氣。但也不知道是哪裡出了問題，她的異性緣長年來相當不旺盛。

大學畢業，做了二十五年跟異性極少接觸的乖乖女，媽媽急了，開始關心起她的感情生活。而這關心的網一波波地往外擴散。

叔叔說：「再不加緊交男朋友喔，妳就知道了！」

表嬸說：「現在是妳挑人，很快就是人挑妳！唉！小孩子不懂！」

媽媽說：「說多少遍了，別吃魷魚絲！下面會臭！妳到時就後悔了！」

姊姊哈著腰逃開。「哎呀知道了，又沒吃很多。」臉上永遠是謙卑的禮貌的笑。

二十六歲那年，姊姊臉色難看地下班回家，說傑朋說了很過分的話。「過分的話」

是她的原話，連生氣都這麼斯文。

傑朋是姊姊任職的補習班裡的同事，三番兩次地接近她又不挑明心跡。姊姊在家，經常語帶嘲諷地談起他的掩飾舉動。媽媽一開始對他還頗有興趣的，看了他的照片後，興趣卻蕩然無存，「他的鼻孔塞得下兩台電鍋。」

見姊姊如此氣惱，媽媽急問事情的來龍去脈。

姊姊說：「他問我今天下班要不要一起吃飯，我說不去，他不高興了，說幾歲的人了每次約都說沒空，該不是在外面幹什麼特殊副業吧！」說完，眼淚嘩啦啦地流出來。

鄒育楨罵道：「眞是醜人多作怪！這種人當什麼老師啊！眞可怕！」

媽媽和鄒育楨一邊一個安慰著姊姊，她抽了一張又一張的衛生紙擤鼻涕擦眼淚。許久，媽媽起身準備晚餐，鄒育楨也果斷地爲此事下了結論：「以後別理他了！完全不理他！句號！」

姊姊聽罷，停止哭聲，抬頭眨著眼睛，一回，兩回，隨後又低頭流淚，來回哭訴著同樣的話。鄒育楨在一旁看著，漸生困惑：爲了一個那樣的人、那樣的事，傷心這麼久，至於嗎？姊姊的眼淚沒有停止的跡象，鄒育楨無端端地生出一種歹戲拖棚的疲乏感。她想離席了，可劇目仍在上演，燈又是亮的，她不能走。

最後一次聽見姊姊聊異性，是在她三十三歲那年的情人節前夕。「不是我眼光高，可是妳說，一個男的身高不到一百六，能考慮嗎？」悠然說完，她仰起頭，吁出氣，像個扳回一城的勝利者。在那之後，再沒有聽過她提異性一嘴。像完勝對手後永不再出場的一流棋手。

□

人事部繼續調查蕊秋的指控，而鄒育楨被下了封口令。她本來也沒有打算到處八卦這件事，只是覺得納悶：眞相已經再明白不過了，爲什麼還拖著不下定論？

同事們都習慣了近日辦公室裡的詭異氣氛，雖說還是往常的印表機哼答哼答聲、門開開關關的吱咚吱咚聲、窸窸窣窣和談笑交錯的說話聲，但無形中整個空間像暗了一層，人的生氣跟著挫下去一截，說話的分貝也小了幾分。

因此臨下班時間，老闆的太太衝進來而祕書驚慌地追上來時，衆人臉上掠過的不是興奮而是疲倦。

「那個賤女人在哪裡？那個賤女人在哪裡？」老闆娘嚷嚷著環視辦公室。

老闆從個人辦公室裡跑出來，兩隻手徑直飛向老闆娘高舉的手，試圖搶奪她緊握著的手機。「妳幹嘛？放下！難看死了，什麼樣子！什麼事不能在家裡講！」老闆雙目圓瞪，和太太推推搡搡。鄒育楨從沒見過他如此。

老闆娘大喊，洪亮的聲音傳播到辦公室裡的每個角落：「在家講？你會講？」

老闆慌亂四顧，試圖捂住太太的嘴卻被她閃躲開。

「哪個是雯雯？敢作敢當！敢做這種下三濫的事就站出來！」

「喂妳瘋了嗎！」老闆大吼。

鄒育楨不覺瞥向雯雯，見她臉色煞白。

「我忍，我忍！你說改，改！」老闆娘轉身面朝眾人，冷笑道，「說什麼公務保密協定，手機永遠上鎖！結果呢？現在又跟另一個狐狸精搞上！鬧得鄰居皆知！怎樣？更年輕？更新鮮？你這騙子！大家看郵件！快看！我剛把照片都發過去了！」

鄒育楨見雯雯面如死灰，一眨不眨地盯著電腦螢幕看。

信箱裡果然有封新郵件。點進去一看，是一組聊天截圖，雯雯的頭像格外醒目。下方連著照片，兔耳朵、蠟燭、奶油點綴著女體的各個部位。鄒育楨刷地關掉郵件。

「四年！我懷著大肚子時，你們在做雙人體操？四年炮友，你要不要臉——」

「妳閉嘴！」啪的一聲，清脆的巴掌聲響徹整間房。嗡，餘音如電流一般穿透耳膜。一秒、兩秒，老闆娘的手臂垂在身側，半邊臉浮現紅暈。老闆喘著氣瞪她，而原本要上前勸架的崇宇，兩隻手懸在空中，像無風的日子裡的蘆葦般不易察覺地搖撼著。

老闆娘怔忡著遲遲不反應，面無表情的臉上掉下兩條線一樣的眼淚。她半天不說話，像一座雕像，祕書半扶半推地將她引向門口，她動作僵硬但沒有抗拒。老闆匆匆回個人辦公室拿了錢包又匆匆離開。

下班時間一到，鄒育楨關上電腦離開辦公大樓，跑到最近的公園廁所裡重新打開截圖來看。四年？雯雯四年前剛剛入職。

「小白兔，今晚想不想吃蘿蔔？」

「妳找不到我們公司這麼好的待遇。我找不到妳這麼盡心的員工。」

「妳是個孝順的女兒，很快就是母親節了，想送妳媽什麼好東西？」

鄒育楨捏著手機眺望遠方。幾個幼童正在草地上打羽毛球，一個年輕女孩戴著耳機牽著一隻臘腸狗穿過公園，步伐趕趕停停。鄒育楨的頭頂上響起一陣隆隆聲，抬頭看，一架飛機划過天際，留下一串白色氣流。

不知站了多久，鄒育楨走向車站，踏上回媽媽家的路。

媽媽開門，問她怎麼突然回來了，吃飯沒有。她說吃過，就是回家看看。

媽媽坐在沙發上邊看劇邊折衣服。她向來如此，主張一心多用，總要數項事務同步進行，看個電視也盡可能地充實著自己的人生。事實上，絕大多數時候能依賴的也只有電視，繽紛絢爛的哇啦哇啦的世界，目不暇給的、消化不完的。一晃就混過去一天。

電視播放著皇帝來後宮查案的片段。「娘娘眞的沒有害人！皇上請明察！」

媽媽說：「現在就是要心機的電視太多了，女人個個都學壞了。」

鄒育楨閉上眼睛，癱在沙發上感到一種漫身的疲倦。

「以前只有武則天跟慈禧兩個壞女人，現在壞女人滿街都是。」

鄒育楨睜開眼睛，「武則天跟慈禧太后也有業績吧。她們——」

「都會殺小孩、關小孩了，哪有媽媽會殺自己的小孩！什麼業績，太黑心了！」媽媽搖著頭。

「可是媽，古代把小孩殺掉的皇帝還少嗎……」

「那不一樣，他們是幹大事的。」

「武則天跟慈禧太后也是幹大事的啊……而且歷史眞眞假假——」

「殺小孩、關小孩，太壞了！還跟自己的兒子搞在一起，太不像話了！現在不是流行什麼『乾爹』、『乾哥哥』嗎？都是武則天教的！換個花樣而已！現在的女孩子喔，都不懂得潔身自愛。哎，時代都變了，沒結婚就亂搞，都嘛隨便。」

「拜託，媽，雯雯她爸媽也是在一起沒多久就懷了雯雯。不管以前現在，這種事明明就很普遍，只是承不承認的問題而已。」影劇播放到片尾曲，鄒育楨厭煩地關掉電視。

電視一關，就像有塊巨大的布猛然罩下來，客廳安靜得出奇。上一秒還活潑多話的媽媽也不作聲了，而且是久久的不出聲。整間客廳只剩下廚房傳來的某種電力滋滋聲。一種不祥之感沒來由地散開來，令人惴惴不安，彷彿誤入了地雷區，不敢輕舉妄動，唯恐行錯一步路。

「媽？」

媽媽不語。

「媽？」

媽媽的手繼續翻弄著衣服，頭和身體卻是一動不動的。

鄒育楨瞧著媽媽，「媽？」

媽媽從鼻腔裡發出蚊子似的哼哼，像是極不願意讓人聽見。某種感應、某種電流，又或者是某種磁場，在電光石火之間，一個念頭爬上鄒育楨心頭：媽媽也是婚前做愛。

她目不轉睛地盯著媽媽看，見媽媽始終維持著固定的坐姿，屏聲斂息地疊衣服。某個久遠的回憶如同白紙被浸濕後顯現出來的黑影，緩緩地從時間的深處冒出頭來。

「妳媽是蕩婦！知不知道！」爸爸的唾沫噴出來。

情緒不好時對媽媽的辱罵早讓人見怪不怪，但這樣的污蔑實在史無前例。狠狠地說她髒、臭，他自己似乎也不習慣說這些話，頻頻卡住，上唇黏在牙床上，戛然靜默後，是下不了台後增加力度的唾罵。

媽媽憋紅了臉不言語。不能還嘴，更不能逃，杵在那兒姑且能被看作是在忍讓，逃則是顏面盡失。

他見不得她硬氣的模樣，胡亂抓起一捲膠帶就往她的方向扔，人也跳起來衝向她。「娼婦！不給妳點教訓不知好歹！」兄妹三個跳上去架住他，逃到房間一角的媽媽眼眶濕潤，目光摻雜著恐懼和憤怒。

三個孩子撲通一聲跪下來，央求爸爸息怒。女兒們照常得哭，在嚎啕大哭和嗚嗚抽泣之間流轉，盼望以瘋狂的哭聲干擾他。他喘著粗氣坐下，一遍遍地罵蕩婦。一家子察覺出他是想藉此下台，便跪著不語，以一種信徒靜聽禮拜的姿態。

那樣的羞辱一輩子就有過那麼一次。像個惡夢，過去了就不堪回想。可現在再回望，鄒育楨的腦中不斷閃爍著一個疑問：他向來只懂得孩童式的沒有實質內容的謾罵，那天卻一口咬著那尖刻的辱罵不放，底氣十足的姿態並不像他。

一個激靈，鄒育楨覺得自己好像一下子全都明白了：爸爸是媽媽的第一個相親對象，而他向她要求性愛，她沒有拒絕到底——只可能是這樣。以他的脾氣，怎麼可能忍受她與其他人有越軌行爲？所謂淫蕩，只可能是與他有關的行爲。

監管女兒固然是天下母親們的普遍做法，可媽媽那種隨時隨地的驚魂未定，難道不異於常人？

——創傷症候群。鄒育楨愈想愈篤定，不可遏止地一路往那個方向想去，到最後幾乎是深信不疑，彷彿親眼目睹了那駭人的現場、無賴式的恐嚇。

她簡直為自己多年來被蒙蔽而可笑，旋即腦海中連環畫般羅列出他大大小小的暴烈行徑。媽媽試過反抗，最強硬的一次曾拒絕接聽他的連續來電，可她最終總要乖乖回來，無一句解釋的，什麼也沒發生似的。她清楚他的為人，可以完全失控，不留餘地。媽媽的生活圈只有親戚，親戚間的身敗名裂等於整個世界的身敗名裂。外加對女兒的以身作則，一旦涉及女兒的終身幸福……一時的鬆懈，就永遠地被挾制。

半夜，鄒育楨在家中驚醒過來，像根本沒睡著過。滿腦子還是那些喧囂：那可是她的媽媽，她的母親啊！一種氣絕感扼住她。媽媽的恐嚇、他的拳頭、黎巴嫩餐廳。她蒙住頭像隻困獸哀嚎著，把枕頭猛地扔向窗戶。棉料發出輕飄飄的悶響。該死！她抓起床頭燈再往牆上砸。喀啦。「爛東西！」自己把東西扔壞了，照樣能罵它是爛東西。並不衝突。

□

隔天早上，雯雯沒有出現在辦公室裡。蕊秋和老闆也被安排居家辦公，另外還有個女同事也請了假，辦公室一下子顯得有些冷清。

在茶水間小憩時，小嬅說：「我眞的很受不了一些女生來個生理期就請假，到底是要男生怎麼尊重啊？」

鄒育楨道：「男生就眞的沒有生理期啊！生理期有時眞的讓人痛到什麼都做不了啊！爲什麼不能請假？男生當兵，所有人都認可有多麼辛苦，休假時被人寵著捧著，女生的生理期爲什麼不被正眼看待？反而被當作偸懶的藉口？」

小嬅沒料到向來溫和的鄒育楨會忽然唇槍舌劍，瞪圓了眼睛說：「拜託！當兵跟月經有什麼關係啊！」

人事部經理就在這時走了進來，說和鄒育楨有事要談。

「公司眞是的，好死不死今年選什麼『女性話』合作啊！那個安霓眞的有夠煩人，雯雯自己都沒說被性騷擾了，我們有病啊，去煩她！說什麼被害者有心理障礙，『人家也沒說沒被性騷擾』！事情夠多了！這種鳥事丟給我們眼睛都不眨一下！妳跟雯雯平常就交好，能不能幫忙協調一下，跟她聊聊？」她接著苦訴近來超負荷的工作量，中途每每引用安霓說過的話時，都要扮個鬼臉變個聲調，扮完了，嘴角向一邊吊高，鼻翼一顫一顫，像是說著一件蠢得不能再蠢的事。

「我知道了。」鄒育楨冷冷地說。她一口答應下來此事，比起因爲想幫助雯雯，更多是爲了甩開人事部經理。

一整個下午鄒育楨都盯著電腦工作，沒有和任何人再說一句話。六點以後，伴隨著同事們陸陸續續離開辦公室，她繃著的臉才慢慢鬆下來。玻璃窗外是大片火山爆發般的火燒雲，橘黃色層層疊疊地浸染著四周。

鄒育楨上下檢查了電子信箱，若想繼續工作，只剩下一個大項目，三、四個小時跑不掉。她揉著太陽穴，終於按下關機鍵。

「最近常加班？」

是Andy。

大概是所謂的眼緣吧。初見Andy時，鄒育楨起身向他打招呼，他微睜的眼睛透著一股憨厚，她不由得笑了出來。他也跟著笑了。她總覺得他眼熟，有天終於想起來，他像一部探案劇裡的檢察官，因爲他上翹的眼角。「你長得特別像他！」她告訴他。

他一臉懵然，她於是解釋道：「一個很有名的演員，但總體來說長得並不好看！」他一聽，尷尬地笑了笑。她發覺自己失言，忙說：「但眼睛是正常的！很正氣，像好人！你是眼睛像他！」

他又笑了，還是那厚道的笑。他對她彷彿永遠只有笑臉，像鐵了心要包容她。除了不久前一起去黎巴嫩餐廳那次，兩個人只共進過一次午餐。

他點了一份秋刀魚套餐，將檸檬切片拿起來以左手覆蓋之後才擰出汁。那樣禮儀周全，卻只是自我要求。她可以隨意——她知道的。

「妳知道嗎，聽說百慕達的青蛙跟其他地方的青蛙不同，因爲水質地域不同。同樣的，日本人因爲愛吃海帶，經過這麼多年，身體構造跟其他人已經產生不同。」

「意思是說，他們在某種程度上進化了嗎？」

「也可以這麼說吧……」

她喜歡聽他說這些，喜歡他對於世間不可思議的事物保留著好奇和謙卑。在家，她只要談起任何帶點玄幻色彩的事，即便只是一丁點地偏離了聽慣的常識，程紹軒嘴上不明說，臉上卻是明顯的走神模樣。

五十分鐘的午餐時間內，兩個人沒有多少沉默，一直保持著順暢的對話。公司裡那麼多人，唯獨他令她有種知己般的親切感。

午餐結束回公司，抵達辦公室門口時，兩個人四目相對。

他說：「下次……」

他終於沒有往下說，微微一笑道：「今天早點下班！」

他長得並不十分高大，但襯衫透著厚實的倒三角形，舉起手來能看見臂膀微微隆起。他習慣在完成一項任務後扠著腰，朝落地窗外發呆。她只在那些時刻偷偷注視過他。

如果單身，他們大概會走到一起。鄒育楨的腦中不只一次閃過這樣的念頭。

自從那次共進午餐，兩個人很有默契地保持著距離。有一回，兩個人在走廊轉角差點撞個滿懷，鄒育楨輕呼一聲，而他止步，朝她微笑。他的瞳孔如雙面鏡的無限循環效果，她沒在裡面看見自己，只感到片刻的迷失。

「嗯？今天很忙嗎？」Andy又問了一遍。

鄒育楨回過神來，說：「嗯……剛關機。」

Andy望著窗外發了幾秒呆，問：「最近下班時常常看到妳還在，還好嗎？」是他一如既往的純善笑容。

「嗯，其實不太好。」說完，她的面部肌肉不受控制地下墜。

在黎巴嫩餐廳遇到流氓後的幾天時間裡，她走在路上都要東張西望，深怕那流氓會突然從某個角落竄出來襲擊她。當那種恐懼漸漸消去，她又被另一種恐懼擒住──那一天，流氓在盛怒之後卻沒有佔上風，在別處進行某種形式的報復怕是少不了的。回家打老婆，半夜「撿屍體」，還是誘姦小女孩？鄒育楨全身發燙，彷彿已經闖下了大禍，就等著哪天在新聞上看到相關報導。腦海中千迴百轉著各種想像──自己本可以怎樣更成熟地應對，陪笑，澄清自己沒有惡意；或者不笑，光是動之以情曉之以理；或者從一開始就不該多話，肩膀上的餘溫遲早會冷卻的。事後回想，哪種做法都比她當時的做法好。她怎麼那麼蠢，那麼衝動？以爲自己是什麼女俠嗎？

當時Andy的一句「不要道歉」說得那樣篤定，照理說能成爲主心骨一樣的東西，事實上卻只令她感覺自己像個捅了簍子的次等生。之後的幾天時間裡，當Andy在辦公室裡對她笑，她看出一種慰問的味道，就會不自覺地扭開頭去。

現在望著Andy的眼神，她才如釋重負。事發突然，他卻不假思索地爲她挺身而出，這樣的人怎會是有意去挫傷她呢。她甚至感到，他是少數眞正關心她的人。

他們去了一家日式居酒屋吃晚餐。眼前擺滿了炭燒雞串、玉子燒、烤秋刀魚，她喝著冰涼的梅酒，沒有任何保留地燦爛地笑著，撒嬌抱怨，所有壓抑的能量像找到了出口，一切那麼理所當然，游刃有餘。

他彷彿早就了解她了一樣，目光溫醇。

吃完了飯，兩個人走出拉門，一陣風吹來，鄒育楨縮起肩膀。他問：「冷嗎？」她的視線正好落在他的肩膀，狹窄的門道裡，他的胸膛顯得很堅實，她輕輕一靠就能靠上去了。她咬咬牙搖頭，想哭的心情浮雲般時聚時散。

他注視著她，沉吟半晌，說：「要去我家嗎？」

鄒育楨從來難以想像這樣的事是如何發生的。兩個人心知肚明地進入一個與外隔絕的空間裡，然後呢？總不見得，就那麼徑直脫了吧？但很快她就發現自己多慮了，有心人不在乎那些做場面的事。他已俯下頭吻她的嘴，很快又猶嫌不足地吻她的頸項。

居然是眞的，居然是眞的……她腦海中反覆掠過這句話。而且不知道爲什麼，和面對程紹軒時不同，她沒有對於下一步的絲毫恐懼，彷彿他的觸摸從一開始就是她身體的一部分，兩者之間沒有絲毫空隙。連氣息和聲音都那麼和諧，一切都是命中註定。

她第一次感覺到——自己是性感的。

扭腰，抬腿，搓揉，緊擁，一切都那樣得心應手。她是尤物，是女神。

她在「性感」方面的啟蒙，來自於唱跳偶像女團。

大概有幾年時間，鄒育楨把偶像女團給忘了，回憶停留在女孩們穿寬鬆垮褲的酷炫時期。最花俏的也不過是髮型——高高盤起，或者大鬈，佩戴著各種髮飾。

會重新關注起她們，是身邊的男同學帶進班裡的熱潮。

「她超漂亮，超可愛。」要不是聽男同學親口說，鄒育楨不會相信一個男生竟會如此坦白自己的熱愛。

回到家，她找來那些偶像團體的影片看。

媽媽經過她，看了一眼說：「這個女生胸部這麼小還敢當明星喔，男生才不愛！」語氣半分忿然半分得意。

鄒育楨點開她們跳舞的影片看，傻了眼：薄薄的布料緊包住上半身，腳下蹬著又高又尖的高跟鞋，每個扭腰擺臀都柔軟又有力，和記憶中的酷炫舞姿不同，更像是肉體曲線的展現，歌詞以拖長的氣音收尾，呃，啊，嗯，如嬌喘，刺激著她的腎上腺素。

她看著影片模仿。光是那柔軟的舞姿就要了她的命。最難學的，還是那種挑逗的表情。一回眸是俏皮的笑，二回眸是妖嬈舔唇。不能真舔，是要舔不舔的開合。

媽媽說：「鄒育楨妳看這什麼鬼東西，她穿那什麼衣服啊，胸部都爆出來了！」

接著流行起腿來。仰拍的鏡頭捕捉著懾人的美腿，緊身褲進化成迷你裙，早已看不清楚臉，視線都鎖在一雙雙曲線完美的腿上。畫面愈來愈大膽，俯拍鏡頭由遠到近，撲向臥躺著的女星，從上半身移至下半身，雙腿岔開，像一道色彩繽紛的隨意門，通向另一個絢爛的空間。

綜藝節目上，她們是截然不同的風格，穿著毛衣長褲，面對主持人的提問和挖苦，好脾氣地笑著，驚訝地，無奈地。網友在影片下方留言：「她果然還是很呆很無辜的啦！」這是針對不久前該女星的鋼管舞表演所下的，表示鬆一口氣的評論。「大家安心！看這影片就知道，她沒變，還是我們的清純偶像！」一串串應聲附和。

幾乎露出屁股蛋的超短褲，是性感。旗袍開衩處令人聯想起丁字褲的絲襪黑線，是淫穢。

——那界線是一條夾縫，並且夾縫兩邊不無重疊。一毫之差就是錯。便是對的，也可能錯了。

接著，性愛影片流出。鋪天蓋地的辱罵，是網友們遭受背叛後的失望和憤恨。女星將散布影片的前男友告上法庭。她幾個月後自殺。

鄒育楨永遠忘不了看到消息時的感覺，她坐在沙發上盯著電視螢幕看，以爲聽見的是電影旁白，卻是新聞播報。胸口咚咚咚地，遙遠而縹緲地響著，喪鐘似的。

鐘還沒敲完，Andy咻溜一聲進入她的身體裡。

她睜開眼睛，驀然想起程紹軒。記得他們最初親熱時，他僅僅將下體摩擦在她的內褲上。那熱熱的觸感足以令她忐忑不安。事後坐在馬桶上，她不敢小解，深怕迎來疼痛。爾後幾天，腹部的任何一點不適都令她膽戰心驚——會不會已經懷孕了？她讓程紹軒去買驗孕棒。

他露出匪夷所思的表情，「完全不可能！那個甬道很長！」

「子宮又不在你身上！你當然這麼說！」

在鄒育楨的堅持下，程紹軒買來了驗孕棒。往後每次親密之後，她都要測試一遍。婚後做愛，他戴好了保險套，她仍要他拔出噴射。她需要多重的保險。

程紹軒那樣疼她，雖然在婆婆面前軟弱了點，那不過是因爲婆婆的威權。其他時候，只要是他能控制的範圍內，向來都把鄒育楨捧在手心裡疼著。怎能料到，他竟會帶著其他人來家裡，脫光了纏成一團，交錯著，交疊著，交合著。那個她最愛的人啊。

她將臉側向一邊，枕頭是濕冷的。再一次睜開眼睛，眼前的不是程紹軒，是Andy。她緊擁他，雙腿曲起來貼上去，讓他更加深入。她從來沒有這麼放鬆過，因爲，已經錯得不能再錯了。

第八章

哥哥十六歲那年，不再拖賴著不洗澡了，不捶牆了，無聊的話也少說了，總之，像突然懂了規矩。不僅如此，眼睛時不時地發亮，搭配著微微驚愕的表情，像個初生嬰兒剛剛認識眼前的世界，又像是好運從天上降下。鄒育楨看著他有種微妙的感覺，彷彿，哥哥生平第一次快樂了起來。

媽媽卻不樂意了，因爲哥哥這是交了女朋友。鄒育楨作爲旁觀者只隱約地聞到些火藥味，卻並不清楚內幕。

有一回，哥哥從外面抱了一大束花回家，是一團火紅色的玫瑰。鄒育楨不曾在現實生活中見過玫瑰花，那不容置辯的愛情的象徵，彷彿有點濫俗，可綻放得那麼熱烈，令人忍不住一眼一眼地瞄過去。花瓣在窗底下被陽光染上光點，充滿生命的靈氣。

「多少錢買的？」媽媽眼神銳利地問。

哥哥理直氣壯，「用自己的零用錢買的。」

「錢是讓你這樣亂花的？多少錢！」見哥哥不答話，媽媽冷笑道，「女人把你當搖錢樹，還眞甘願。」

哥哥臉上閃過一絲受傷，卻不反駁，駝著的背忽而堅硬，彷彿寫著願賭服輸。他關上了房門，裡頭傳來砰滋砰滋的搖滾樂節拍聲。是快嘴饒舌歌，沒有悅耳的旋律來支撐，重在歌詞。

除了和哥哥的年齡差距，鄒育楨的置身事外有另一層原因。媽媽對哥哥的不滿使她變了個人，像童話故事裡的壞巫婆，身上的水分被榨乾了，五官喪失了原有的柔軟弧度，通通成了幾何圖形般的銳角，膝蓋像裝了彈簧隨時要蹦起來。每當哥哥那兒有什麼動靜，母子間的敵對氣息就冒上來，令鄒育楨想逃之夭夭。

她盼望著家中早日恢復安寧，但當哥哥眞和女友分手了，她居然有點爲哥哥遺憾，彷彿目睹了生命中的第一束玫瑰花凋零。

母子關係緩和了，不僅緩和，似乎還往前邁進了一步，兩人經常一起去喝咖啡、看電影。就他們倆，沒帶上鄒育楨和姊姊。這連在從前都是沒有過的。他們自己也像是不習慣於這嶄新的相處模式，站得很近卻繃著身，媽媽平視前方，而個頭更高的哥哥拱著肩，抱著贓物似的心虛。兩人的對話客客氣氣，像生怕越了某種界線。乍看不像親生母子倒像後天認的乾媽乾兒子。

鄒育楨見了總要別開視線，覺得害臊，像看到貓和老鼠稱兄道弟，虛浮、脆弱、令人懸心。她又禁不住好奇，他們聊的都是什麼話題？坐在客廳裡寫功課，她分心聽著一旁喝茶的母子倆的談話。

媽媽說：「不是好人家的女孩，碰都別碰！」

哥哥乾笑。

「她靠在你身上過？」

「女生嘛，喜歡被照顧的感覺。」

「你傻啊！小小年紀就談戀愛的，沒一個乾淨的！」

媽媽說話難聽，鄒育楨有點為哥哥不平。哥哥本人卻沒有生氣，只是不知所措地吃吃地笑，一身的好脾氣令人費解。空氣和母子倆關係緊張時一樣渾沌，但似乎新增了某種奇異明亮的粉色因子。

有一回，鄒育楨為了媽媽不准她和朋友去夜唱而生氣，哥哥竟跑來當媽媽的說客。鄒育楨盯著他一臉的苦口婆心，儼然一副媽媽知音的派頭，心裡彆扭得厲害。他長篇大論地規勸她，末尾說：「成熟點吧，免得未來後悔！我想起曾為了外人和媽媽吵架，會覺得很愧疚。」鄒育楨憶起他初戀期間媽媽凶神惡煞的模樣，倒是有點為他不平。但她沒說什麼，再怎麼樣也不可能向著哥哥說媽媽的不是。

哥哥再交女友是大學以後的事。也許是年紀大了的緣故，媽媽沒再反對，他也主動向媽媽匯報各種情況。「她是外文系的，以後打算當律師，現在有空時會做英文家教，收入還不錯。」

媽媽冷哼一聲：「家教一小時能賺多少？律師？能行嗎？女孩子家，到頭來還不就那樣。」

鄒育楨見過這位女友，一見面對方就伸出手要和她握手，很給她一種有平起平坐之感。鄒育楨對她頗有好感。

「她知道我想練肌肉，明明討厭運動還是一週三次陪我去健身房重訓。」哥哥的口吻像路邊的銷售員，爲了籠絡客戶有著無限的耐心。

「陪你做個運動就感動了？媽媽從小到大幫你洗衣服打掃煮飯，一天又一天一年又一年，又算什麼？談戀愛嘛，誰不會！做得了一輩子再說吧！」

哥哥陪笑道，「那肯定不能比，世上只有媽媽好嘛。」媽媽這才不接話了。

哥哥再度開口時，話風卻轉了。「當然，她也不是完美的。最近就吵著要買什麼名牌包，我說養成愛慕虛榮的習慣不好，她就說什麼從小到大沒買過好東西。」

媽媽直起眼睛，「讓你出錢的意思？」

「不是啦，她說現在打工賺錢了，想買個好一點的東西犒賞自己。」

媽媽冷笑著斜睨哥哥，像在笑他終究太嫩。

從此以往，哥哥從外縣市回家過週末，就例行和媽媽分享女友的事。「前幾天吵架，她說我是個差勁的男友，就因爲她生日那天沒買蛋糕給她吃。」

媽媽又氣又急，「這公主病也太嚴重了！你要出社會了，要拚事業了，她不來照顧你，反倒要你買什麼蛋糕給她！怎麼可以說『差勁』這種話？太壞了！你最後去了？」

哥哥安撫她說：「別急，我沒去。現在她鬧脾氣不理我，我才不理她呢。」

媽媽大約是怕哥哥不夠堅持，又補上幾句批評的話。

鄒育楨灰溜溜地溜走。不想再聽到哥哥把情侶間的私密事抖摟給媽媽聽。她爲他的女友捏把冷汗——不敢想像自己以後交了男友，是不是也會遭受同樣的背叛。離奇的是，母子倆彷彿因爲這些瑣事的分享而變得更親密了，像學校裡的女生密友，在有了共同的敵人之後關係自動升溫，上廁所也要手牽著手。

晚輩的戀愛似乎沒有一個讓媽媽滿意的，包括舅媽正在國外唸書的兒子和他的女友，「聽說他這次寒假不打算回家了，爲了在國外陪女朋友。」

「太不懂事了吧！」哥哥叫起來，字正腔圓得像在朗誦，像生怕在場的任何一個人聽漏了他的話。就在不久前，鄒育楨剛剛宣布自己交了男友，媽媽對她橫眉豎眼的，她週末從宿舍回家的頻率也就降低了。而哥哥此刻這異常洪亮的發言，在她聽來就像是說給她聽。她敢怒不敢言，只覺得哥哥簡直成了媽媽的應聲蟲，媽媽的一個眼神、一個動作都接得那麼自動自發。那句「太不懂事了吧」像狂風颳過，在她臉上留下一股熱辣。

「幹！死賤婦！」

臉上的熱辣感非但沒有消退還不斷加劇，鄒育楨驚醒過來，黑暗中有個披頭散髮的人正舉著一樣形狀不明的東西往她身上又砸又鞭。

「不要臉的東西！」

某個冰冷硬物劃過眼角，她下意識地閉緊雙眼爬起來，奈何棉被在身上形成了厚重的阻礙，她彷彿置身於層層波浪之中，划啊划，還沒來得及靠岸，又遭到駭濤般的窮追猛打。

就在她力氣漸小，幾乎要放棄時，浪潮打了個旋，將她推往反方向，她再次連滾帶爬前進，卻撲通一聲跌下床去。鋪天蓋地的辱罵和毆打並未就此結束，情急之中她看到一扇門，死命往那兒逃。身後的打擊令她幾度踉蹌，好不容易到了門前，她發現門上有鐵鍊，但鐵鍊是垂下的，並未扣上。咚的一聲巨響，她整張臉猛然撞上門板。

「死賤人！去死！」

她扭下門把推開門，迎面是白花花的光，她不顧一切地衝出去，是個走道，兩旁都是門，地上是褐紅色的地毯。迷迷糊糊中，背部出現肉綻的灼痛，她一個趔趄跌了個狗吃屎，回頭看，那瘋子仍高舉著一個皮包。她再度使出渾身解數站起身，往前衝，看到拐角處出現一輛推車，隨後出現穿著制服的人。鄒育楨撲上去，叫道：「救命！有個瘋子要殺我！」

身後響起嘎吱聲。一道門打開，一對夫婦連同兩個孩子從裡面出來。他們看到鄒育楨，臉上露出驚異之色。鄒育楨下意識地低頭看，是兩個葡萄乾一樣皺巴巴的東西和一叢亂毛。她居然一絲不掛。她想起來了，這裡是飯店。這時，走道兩側的門一扇扇打開，愈來愈多人走了出來，目光全在她身上打轉，充滿嫌惡。

「賤女人！不得好死！」瘋子衝過來，皮包的鐵鉤朝她的雙眼射來。

鄒育楨騰地起身，喘著粗氣揑住棉被護著自己的胸口。四周是熟悉的櫥櫃和小矮桌，她點開夜燈，床的左邊無人。只是作夢而已。

昨晚在Andy家做完，Andy呼呼大睡，她卻沒了一點睏意，穿起衣服就回到自己家裡。夢中的場景太眞實了，她讓自己更用力地喘氣，以此掃去惡夢的殘骸。

多年前她看過一支影片，一個女人在飯店裡抓姦，邊罵第三者娼婦，邊將對方趕出房門。第三者被迫裸身於公共場所之中，屁股蛋果凍般晃動著，兩隻手不夠遮蓋私密處而呈現詭異的姿勢。鄒育楨看得脊背發涼。最令她難忘的，是老婆恨不得將第三者置於死地的猛勁之中，男人安然地坐在飯店床上目睹著一切的模樣。

不，沒事的。Andy單身，這一點鄒育楨淸楚。自己不是第三者，沒有破壞別人的家庭。

鄒育楨低頭檢查，睡衣睡褲都好好地包裹著她呢。她躺下來，心臟還在撲通撲通地跳。她做了件越線的事，永遠無法撤回，永遠地在她的生命中留下了一筆紀錄。

伸手關夜燈時，她忽然想起阿姨。

當時鄒育楨也是這樣躺在床上，看完了漫畫要伸手熄燈，忽然聽見一陣怒吼。姊姊也被驚醒了，兩個人睜圓了眼睛互看。喧鬧聲愈來愈大，兩個人挽著手悄悄跑到房門口，透過細縫看到阿公正拿著皮帶要鞭打阿姨。

「居然爬到別人的床上去！讓家族蒙羞！」

阿姨跌坐在地上，側著身好讓鞭打只落在背上，同時又伸手防衛自己，扭曲的姿勢像一隻在岸上拍打的魚。

阿姨大叫：「是你們逼我結婚的！」

鄒育楨原地跳了跳，因爲看見阿姨格外鮮紅的嘴唇。她想起來，阿姨的雙唇永遠都塗得鮮亮，哪怕面對自家人也一樣。阿姨表情凝滯地伸出舌頭舔了舔，又咂咂嘴，像在確認其中是否摻了點血。

爸媽齊齊上前勸住阿公。媽媽因爲面朝鄒育楨的房門，發現了她們姊妹倆在偷窺，立刻投去警告的眼色。姊妹倆立刻乖乖地關上了門。

窗外一陣貓叫聲將鄒育楨拉回當下。關上了夜燈，她的腦袋反而清醒起來。原來阿姨和未婚夫以外的人做愛了。這麼多年來，鄒育楨一直知道阿姨在年輕時犯下過非常嚴重的錯，但因爲人人諱莫如深，多年來她都以爲阿姨犯下的是什麼殺人放火的事。隱隱的不安襲向鄒育楨。就算不是第三者，也沒有比較好啊。這不是理所當然的嗎？

她乾澀的舌頭黏著上顎，像魔鬼氈一樣難捨難分。整個口腔是昨晚蒜炒高麗菜的味道。吃的時候那麼香甜，隔了夜卻是帶有侵略性的氣味，令人只想狠狠地把它刮乾淨，就算刮出點血也在所不惜。

□

老闆娘來公司大鬧以後，鄒育楨一直聯絡不上雯雯，這天卻接到了對方媽媽打來的電話。她因爲找不到女兒，於是聯絡了公司。人事部經理把電話轉給了鄒育楨。雯雯媽媽已經得知那件事，似乎是老闆娘找到了雯雯緊急聯絡人的資料後，把那些照片塞進了她家門底下。

鄒育楨下班後照著雯雯媽媽提供的地址去找她。出了車站，繞了許多路都找不到五十九號。門牌五十七號之後就是六十一號，彷彿五十九號掉進了某個平行時空。她循著手機指示到處走，一遍遍地繞回一開始的車站。這天是個萬里無雲的大晴天，日頭毒辣地照在身上，她明明是下午三、四點才出門，想不到卻比正午時分還熱。

她想去買個飲料，下天橋台階時一陣暈眩感襲來，她眼疾手快地握住了扶手才沒跌下去。穩住腳後再睜開眼睛，有個西裝筆挺的男子正走上來，兩眼定定地瞪著她，大約是目睹了她差點跌倒的情景，臉上是一副預見災難的表情。

她喝了飲料解了暑，決定最後一次找人，再找不到就打道回府。

走著走著，她注意到剛才在台階上的男子就在自己前方，似乎和她是往同一個方向行進。抱著僥倖心理跟著他，還眞一路回到了五十七號。男子遽然回頭張望，像在找尋什麼，兩個人的目光交會，他眼裡頓生警惕。她早已恢復了精神，沒理由再讓他緊張，只能是別的理由使他防備。難不成，她被當成了跟蹤狂？她只得往旁邊一家賣雜物的小店站定，隨手拿起一個鑰匙圈把玩著。那造型是隻肥胖貓咪，做工還算精緻，可她早已過了買這種小玩意兒的年紀。餘光瞄見男子向前走了，她趕緊放下手中的東西繼續走。

男子卻在眨眼間沒影了。她疾步走，才又見到他拐進一條小巷子裡去，就在五十七號和六十一號之間。她一時之間沒了主意，正思考著下一步，男子再度出現。這次他表情冷峻，像個行刑官完成任務後急於奔往下一個目的地，容不得任何人拖住他的腳步。那模樣令她感到似曾相識。她往巷子裡走去，發現掉漆的紅色門口正是五十九號。她早先路過那麼多遍，都以爲那是六十一號的附屬部分。

褐色的門鈴已經斑駁，她試探地按下去，門上的貓眼閃了閃，門開了條縫，一個婦人的半張臉出現。下垂的眼尾是滿滿的歲月的痕跡。她見到鄒育楨後把門縫闔小幾分，嘴巴動了動像要開口，卻又重新閉上了嘴，彷彿覺得還是小心爲妙。

「那個⋯⋯請問，是雯雯媽媽嗎？」

婦人的眼神一變，雙手鬆開，門板悠悠地晃起來。

鄒育楨忙自我介紹：「我是雯雯的同事，今天早上接到電話，來找雯雯媽媽。」

「快進來快進來！」婦人將鄒育楨一把抓進門內，動作太急，鄒育楨一隻腳撞到了門檻，她忍著痛沒叫出來。

房間堆滿了雜物，沒有開燈，整個空間依靠左上方的一面小窗口照亮，地板中央被光打出一個醒目的四方形，房間餘處被襯得更加昏暗。牆壁上貼滿了裸體女人的海報、相片、繪畫，女人後仰著身，乳頭翹向半空，股溝分割出兩塊違反地心引力的屁股蛋。整間房除了裂了縫的木櫃和單人床之外，只有一張書桌。書桌不大，方方正正的幾個抽屜上貼著卡通貼紙。書桌上堆滿了桌曆、月曆，還是性感女郎的圖片。

鄒育楨想起剛剛的男子令她感到熟悉的原因。去日本旅行時，她見過在天橋底下賣情色雜誌的小攤。一個個西裝筆挺的男子經過攤位，以迅雷不及掩耳的速度一手交出錢幣一手抽走雜誌，動作俐落得像受過特訓的忍者。兩眼筆直地對準前方，連彎身拿雜誌的弧度也如刀劍般有稜有角。賣家早習以爲常，神態自若，毫不擔心少收到錢——買家絕不會少給的，他們斷不會冒一丁點被當眾叫住的風險。

婦人很快就對鄒育楨掏心掏肺起來。「她從小就不太正常，小小年紀，內褲裡就一堆白帶。我好幾次抓到她……她！」她緊閉眼，頭往旁邊用力一甩。「她一個人窩在床上做些不乾不淨的事！我背著她爸爸帶她去看算命師，算命師說她命盤不好……說她天生污穢！」婦人說「污穢」二字時音量忽大，彷彿不這麼做就說不出口。旋即她換了個表情，情感褪去，像說起一個陌生人的八卦：「大師說他能感應到，她的處女膜已經破了……不作法一輩子害人害己！我就按照大師說的給她作法，爲什麼還是這樣！」

鄒育楨漸漸地有種缺氧的感覺。進門以來她一直憋著氣，因爲充斥整個房間的一股尿騷味。她注意到角落旁有道小門，底部不著地，上端和牆壁之間也有間隔，很像老舊公廁的木門。門板隨著房中的風吹草動而晃蕩。她硬著頭皮深吸一口氣補充氧氣，才問道：「作法？」

「不知道！」婦人像遭到刁難似地忽然發怒。「大師說不能有別人在場，過程也不能透露！我去外面轉了一圈，一個小時後來接她！雯雯不喜歡找大師，說很癢很痛很不舒服！每次聽到她這樣講我頭都要爆了！我叫她不要吵不要抱怨！爲什麼？我已經照做了！爲什麼會這樣？」

鄒育楨根本不知道該說什麼，胡亂說：「我不知道……雯雯她……」

婦人的面孔陡然硬冷，「她已經很久沒寄錢回家了。搞清楚，我是沒有兒子的，別以爲女兒就不用養家。」

那副面孔哪裡還是爲女兒殫精竭慮的母親。鄒育楨打了個寒噤，無端端想起自己的媽媽。

鄒育楨數不清爲爸爸踩過多少次背，最痛苦的一次，卻是媽媽所致。媽媽遠遠地喚她。鄒育楨走進房中，見媽媽正在梳妝台前整理東西，看也不看她，光歪歪下巴說：「爸爸讓妳踩背。」冷漠的聲音中掩不住一股報復的意味。鄒育楨一句話不回，怕被當作求救訊號，讓媽媽愈發得意。一切還是源於鄒育楨交了男友。

她踩上去，又是爸爸那要命的綿綿長長的呻吟，一聲又一聲一陣又一陣。平時也不過十五、二十分鐘，這次卻過了半小時還沒放行。她不敢主動要求結束，以前要求過一次，他當下訝異於自己讓她疲累了，頗有風度地釋放了她，爾後的某天卻在情緒發作時提起它來，咬牙切齒地罵她不孝沒良心。咆哮聲劈柴似地劈向她，她的嘴不自覺地咧開。他察覺到了，眉心微動，氣焰消下去。她更恨他了，因爲看出他是被她的恐懼所安撫。

眼見都快一個小時了，他或許沒有發現，媽媽卻絕不會沒有知覺。但她從頭到尾安坐在那兒，慢悠悠地整理著梳妝台。

錯不了——她恨女兒背叛了她，以此懲罰女兒。懂得這是懲罰，說明懂得它是種折磨。可她懂得它是怎樣的一種折磨嗎？僅僅是要鄒育楨受勞累之苦，還是清楚它不止於此？若是後者，她與老鴇何異？鄒育楨明知不可能是後者，所受的煎熬卻沒隨之緩解。

雯雯媽媽的聲音重新闖入鄒育楨的聽覺神經裡。「妳說，她上班到底有沒有認眞？爲什麼這麼多年了還是個沒用的行政？我從小就跟她說，好好努力，好好認眞！我朋友的女兒都是律師、老師！一個個都很有出息！爲什麼？爲什麼她這麼沒用？」

婦人滔滔不絕，眼神卻漸漸渙散，彷彿靈魂出竅，彷彿正在說話的另有其人，而她不過是個中介，一個靈媒。鄒育楨不由自主地哆嗦了一下，自身難保似的。婦人終於停了下來，目光矇矓地抹著鼻子，像個剛睡飽的孩子。她默默起身從書桌抽屜裡拿出一塊餅乾，遞給鄒育楨。「吃不吃？」彷彿發洩完畢了，憤怒和氣勢也跟著蒸發了。

鄒育楨乖乖地接過來，只因爲不知道怎麼拒絕。

「雯雯喔……其實是個好孩子，其實很乖的，可能是交了壞朋友。」婦人端起馬克杯喝了幾口茶。

鄒育楨整頓了心情，說：「現在有個平台也參與了調查，如果雯雯受了欺負，我們會盡力主持公道……」她唐突地住了口，因爲察覺到自己正在說大話。事實上，事情會如何發展她心中完全沒底。

婦人笑了笑，說：「現在的年輕人都很有想法，跟我們那個時候喔，完全不一樣。」屋裡的氣氛隨著婦人心情的轉變而改變。她接著對鄒育楨噓寒問暖，問她平時有沒有吃蔬菜，冰的有沒有少喝，有沒有保養皮膚。彷彿情緒過去了一切就過去了。鄒育楨懵然地望著她，再也說不出一句話來。婦人復原得那麼快，彷彿面對的不過是女兒的一次叛逆期。

□

就在隔天，公司傳來了雯雯自殺的消息。就在她租下的地下室公寓裡。因爲房租欠繳許久，房東親自找上門來，雯雯不開門，房東就入內檢查，發現雯雯不醒人事地躺在床上，手腕上有割痕，床邊是瓶安眠藥。她被緊急送醫，撿回了一條命。

她媽媽哭天搶地找鄒育楨，說她就這麼個女兒，養這麼大竟然狠心丟下她，到底造的什麼孽。整個公司她誰也不認，就認鄒育楨一個人，叫她今天就去醫院看雯雯。

鄒育楨走進病房裡，除了窗邊的一張病床上躺著一個臉色蒼白的陌生女孩，沒有別人。她到病房外重新檢查了一遍病人姓名，確認自己並沒有走錯病房，再進去一看，發現那陌生的女孩就是雯雯。

雯雯平時最愛化濃濃的煙燻妝，但大概是技術不夠純熟，臉上總像長了兩隻熊貓眼。她肩微寬，偏又喜歡衣物一層層往上套的打扮，乍看像厚坨坨的方塊酥。本人也像有此自覺，走起路來架著肩，愈發顯得虎背熊腰。現在她穿著醫院的衣服，一身的輕裝反倒顯出一股孩子氣。鄒育楨坐在床邊望著她呼吸，恍如作夢。那個動輒打岔、我行我素的女孩，竟會自殺。割腕未遂，就是還有怕，卻又另尋他法——就痛苦到了那個地步？天天見面的同事，她竟一無所覺。

太陽在窗外悄悄移動著，緩緩地落下、消失，留下大片餘暉。鄒育楨起身離開。

第二次來看雯雯時，她已經坐了起來，正靜靜地望著窗外發呆。人瘦了一圈，眼睛跟著大了一圈。

「雯雯，妳好些了嗎？」鄒育楨問。多麼突兀——對於一個瀕臨過死亡的人來說未免過於輕飄飄。可她又該如何？她完全沒有經驗。

雯雯轉過頭來看見了來者，眼眸射出不善的光。鄒育楨不覺在門口止步，進退兩難。她原本就不敢看雯雯的臉，遮羞布被掀開以後初次見人的模樣總是不會好看的。可她在雯雯臉上看到的，比起怕見人的羞慚之色，更像是見到仇人似的凶芒。

鄒育楨終於還是走了進去，在雯雯床邊坐了下來。

兩個人呆坐著，時間一寸一寸地擦過皮膚。空氣是冷的，淺淺的呼吸使鼻子發澀，不打一個噴嚏是不會好受的，可噴嚏又不是說打就能打。「妳要聊聊——嗎……」鄒育楨把「那件事」三個字硬生生地吞了回去。作爲隱語它還是過於露骨。

雯雯不反應。

鄒育楨又說了幾句關心的話，雯雯依然不作聲。她只好起身，說下次再來。還沒走到門口，卻聽見雯雯說：「終於忍不住了吧。」

鄒育楨回過頭，「什麼？」

雯雯正冷笑著看著自己。

一直到那一刻鄒育楨都以爲是自己多心，可這下她確定了，雯雯對她懷有恨意。爲什麼？

國小一年級時，班上曾有段時間流行起讓學生當小老師，上台教同學們注音。輪到鄒育楨上台時，她看到坐自己後排的同學雙手筆直地摀著耳朵，高高地噘起嘴，表示不聽也不合作。那大動作明顯是存心要她發現。她和對方沒有交流過，對於自己是怎麼得罪了他也一無所知。她只是銘記在心：自己沒做壞事，還是可能被人討厭。

這份領悟在她往後的人生裡卻再沒有用武之地，因爲她再沒有過類似經驗。直到今天。

「妳說什麼？」鄒育楨又問了一遍。

雯雯別開頭去，不再吭聲。

第九章

「調味不夠精緻。曉語做得更好。」餐廳裡，哥哥咀嚼著爌肉說。

媽媽默默吃了兩口，說：「現在的女孩子不是都很有事業心嗎？她整天在廚房裡忙進忙出的，就甘願？」鄒育楨覺得媽媽有種本領，任何事情轉一個彎，就能把它變成壞事。前不久大家一起過聖誕節，曉語見媽媽身體不適，爲了跟餐廳要一杯熱水而東奔西跑，那種眞誠的模樣令人難忘。鄒育楨忍不住說：「煮飯好吃，家會更溫暖！」

媽媽淡淡地一笑，「是啊，這種女人最能讓男人舒服。」

哥哥仔細地用筷子把兩片黏住的五花肉分開，像什麼也沒聽見。他初戀時那種生澀用心的模樣早已蕩然無存，鄒育楨卻還老想起那第一束玫瑰花，對它的花團錦簇念念不忘。幾朵花已經盛放，幾朵還是花蕾的狀態，正等著慢慢舒展開來。「她人明明就很好！母親節還幫媽媽買花——」說到半截，鄒育楨突然哽咽起來。她自己都沒料到，遏住了不敢吭聲，怕再聽見自己的哭腔。

媽媽見她沒頭沒腦地哭起來，嫌棄地嘖了一聲，「哭什麼哭啊！」

「媽說的是事實，她就是方便型女人，適合結婚的料。」哥哥邊擦嘴邊離席。

鄒育楨本來是替哥哥抱不平才反駁了媽媽，他卻幫著媽媽補了一刀，隨後說走就走，像個不相干的旁觀者。而且他居然用「方便」二字來形容自己的女友。鄒育楨頓時像走錯舞台的丑角，困窘之餘，更有種寂寂的無望。不久前和叔公吃飯，叔公喝多了，直灌哥哥酒，環住他的肩膀大包大攬地說：「男人啊，婚前不玩就會婚後玩！玩跟結婚的女人是完全不同的料！」哥哥喝紅了臉，瞪著眼睛咯咯咯笑著，樣子像是受了凍，又像是神經衰弱。

就在幾週後，姊姊準備要申請大學了，媽媽讓她和鄒育楨去哥哥上班的城市看看當地的大學環境。姊妹倆以爲這趟旅程能見到姑姑，到了之後才發現哥哥早已搬離姑姑家，自己在外租房。他沒告訴家裡，這事也就沒傳到媽媽耳朵裡。姊妹倆知道眞相後心裡惴惴不安，像參與了一項罪行。想當初哥哥大學畢業，媽媽就是擔心他過於自由才特意安排他住在姑姑家中。姑姑和爸爸關係疏遠，媽媽當時還是費了些勁的。

哥哥的態度卻很輕鬆，像個資深者領著她們進入一個嶄新的世界。客廳旁的小廚房沒有門，他就掛了兩片帆布簾子充作隔屏。臥房裡單人床挨著簡陋的衣櫃，沒什麼走動的空間。小歸小，鄒育楨仍然一進門就有種異樣感。這裡是個完整的天地，專屬於哥哥一人。這和在家中擁有自己的房間不同。某種羨慕嫉妒蓋過對於哥哥逾了矩的惶恐。

晚上他安排姊妹倆睡他的床，他自己在客廳打地鋪。他何時變得如此體貼——和在家中的蠻橫態度大不相同。他竟然還幫她們洗過了床單。

隔天起來時，姊姊的臉色不好，大約是認床睡不著。哥哥帶兩個人逛了當地的大學校園，中午直接在校內學生餐廳解決午餐。

三個人剛剛在學生餐廳裡坐下，坐在鄒育楨對面的哥哥忽然驚喜交加地望著一個方向。鄒育楨回頭看，有個女孩正佇立在門口，低垂的眼皮含著笑。哥哥伸長了脖子像是急於起身，卻始終沒有起身。他也不向妹妹們介紹她，姊妹倆於是低著頭吃飯。女孩離開後，哥哥說：「她是我朋友，大學助教。很會烘焙，常常做蛋糕請大家吃。」

鄒育楨不懂，兩個人既不是公司同事，「大家」指的是誰？但步入社會後的世界想來是很廣闊的，多半是朋友的朋友。

「妳們覺得她怎麼樣？」哥哥又問。

那個女生和他們姊妹倆交談都沒交談，鄒育楨不懂哥哥何以認爲她們會對她生出什麼感想。還是姊姊先回答：「還可以。」

「喔，她比較害羞。熟了之後人很好的。」像是辯護。「還有人說她長得像林蘭璽。」那是近來常被媒體譽爲第一古典美女的演員。鄒育楨心想差遠了，但嘴上不說什麼，因爲她直覺哥哥並不是純粹好奇地詢問她們的評價，而是夾帶著某種私心。那感覺很怪。

吃完飯，三個人剛走出學生餐廳要去招生處，哥哥停下腳步說：「我想起有點事，妳們得等等我。」「得」字拖長了，像個公務員在秉公辦案，帶著不容置疑的威權。

他把她們送到最近的教學樓裡，讓她們在那裡等他。姊妹倆就在靠門的舊沙發上坐著等待。沙發對面是一面玻璃窗，外頭的草坪上種著一棵松樹，樹頂太高，窗內只看得見兩、三根檀木色的瘦長樹幹。無人路過也沒有鳥飛過，這很正常，窗子太低了，除非有麻雀低空飛過，否則什麼動靜也沒有。鄒育楨說，「姊，『哪裡』兩個字在一些書裡好像寫作『那裡』，沒有口字旁的。爲什麼呢？」

「嗯，我也注意到過。不知道爲什麼。」

之後再沒有人說話。過了足足一個小時半哥哥才回來。他佝僂著腰大幅度地吁吁喘氣，聲息卻很虛，像是有意誇大，證明自己的日理萬機，給自己的中途離席增添底氣。鄒育楨知道姊姊也感覺到了：哥哥在做壞事。不需要別的證據，他反常的態度就是證據。

回到了自己家中，姊姊才向鄒育楨透露，睡在哥哥租屋處的第一晚，她半夜聽見窸窸窣窣的說話聲，似乎是個女生。說這話時，姊姊眉頭打結，支支吾吾，明明四下無人還壓低了聲音，分不清是因爲替哥哥羞愧，還是爲了替他掩飾。

□

鄒育楨向公司請了假，打算在家休息一週。休假之前，她傳訊息約小嬅和羽薇一起去醫院探望雯雯。小嬅很快回覆，「我男友生病了……所以週五一下班我就得去找他。這次就先不一起了。」至於羽薇，直到鄒育楨臨睡前，訊息還是顯示未讀狀態。

隔天，鄒育楨走進辦公大樓時發現羽薇就在她前方，羽薇也看見她了，轉身替她按了電梯就趕往樓梯口，笑說自己正在減肥。後來鄒育楨去廁所時又碰到她。她正在洗手，一雙眼睛盯著自己正被水龍頭的激流拍打著的雙手，專注得像學生在做科學實驗。

鄒育楨洗好了手，說：「我要去醫院看雯雯，要不要一起？」

羽薇抬了抬眉毛：「醫院？喔，對！妳昨天有傳訊息，因爲我昨天晚上都沒看手機——」她戛然住口，臉煞紅，水從手心裡嘩嘩流下。

鄒育楨低下頭再度扭開水，嘩啦啦的水聲稀釋掉空氣中的靜默。「我下午就去，一起吧。」她用肥皂再一次細緻地搓揉手心手背，關了水之後又轉身看羽薇。羽薇還是沒作聲。她只好再問：「六點整出發怎麼樣？」

羽薇諾諾地說：「她不是不舒服，需要靜養嗎……」

「會面一下應該可以吧。」鄒育楨望著羽薇看。

羽薇拿起衛生紙默默地擦拭手腕。「我就不去了吧。」她垂著眼淡淡一笑。濃濃的睫毛蓋過了她的眼珠。不好意思的神色，像是明知故犯而倍感難爲情，又像是有什麼難言之隱，某種不好說出口的忌諱。鄒育楨觀察著她，終於沒再問下去。

她又去問小嬅下週是否有空，有空的話她延到下週再兩人一道去醫院。小嬅垂下眼笑了笑——樣子忽然神似羽薇。但小嬅畢竟是小嬅，她吸了一口氣說：「我覺得，一個人自己應該知道不要去碰那種事，現在事情敗露了，本來就會有後果，怨不得人……」

咎由自取的意思來得猝不及防，鄒育楨許久以後才聽見自己有氣無力的聲音說：

「但，妳不想幫幫她嗎……」

小嬅笑出來，有些意外似的，「這件事，聽起來就是你情我願，幫什麼……」

回家的一路上，鄒育楨的腦中不斷浮現大鳥齊齊飛離一棵大樹的畫面。四個女生喝著酒互相打氣的畫面，此刻顯得隔山隔海。她驀然想起自己離開雯雯病房時，雯雯拋來的話，腳步不自覺慢了下來——莫非，雯雯是認定了鄒育楨要麼是爲了對公司有所交代，要麼是以八卦心態來訪？沒有眞心，自然忍受不了太久的冷遇。

她深感冤枉，脖頸發緊。再想起羽薇和小嬅的反應，卻又陷入一種有口難辯的困窘當中。一陣風吹來，往她的手臂上引起一排雞皮疙瘩。她抱住雙臂焐了焐，焐住的一塊暖和了，周圍的皮膚倒被襯得更涼了。她終於不再躑躅，掏出手機給姊姊傳了封簡訊。

她忐忑地等了一個下午，卻還是沒等到姊姊的回覆。凌晨四、五點鐘醒過來，她第一件事是按掉手機的飛航模式。一封來訊通知蹦出螢幕。卻只是商場打折的通知。一直到下午，姊姊的回覆才姍姍傳來。是一句「加油」搭配兩個肌肉手臂的圖像。她愣怔怔地盯著手機螢幕看，懷疑傳訊過程中出現了什麼故障。

休假前的最後一個工作日，她約了姊姊下班後在咖啡店裡見面。是她先到的，姊姊從門口進來時，她從姊姊的臉上察覺不出絲毫異樣。姊姊笑容滿面地坐了下來。兩個人一來二去地聊了工作和近況，鄒育楨很快就按捺不住了，提起簡訊的事。姊姊的笑容驟逝，換上一副遭人脅迫的緊張神情。嘴唇蠕動著，半晌才說：「我知道他作爲爸爸有很多不足，可是，我從沒覺得他像個性騷擾者。」

鄒育楨叫起來：「怎麼不是！他把手插進我的耳朵裡鑽，還問我喜不喜歡耶！」姊姊面露驚色，卻不作聲。鄒育楨覺得不進一步解釋是不行了，豁出去說：「那是我的敏感帶耶！」她已經淚水漣漣，忘了自己在公共場所，也不在乎別人是不是對她側目而視。她自己一個人的時候並不曾爲這件事哭過，現在心痛難耐，完全是因爲姊姊的反應。這也是她意料之外的。

姊姊的嘴唇抖啊抖，卻不像是想法有所動搖，而像是忽然發現眼前的人是個瘋子，因此不敢輕舉妄動。她救火似地說：「爸爸只是很疼妳而已。」

鄒育楨所有的悲憤登時沒了支撐，煙一樣消散。她從沒讓自己這麼赤裸過，可姊姊非但不給她一個擁抱、一點蔽體的衣物，還否定了她的經歷。彷彿她的激動在姊姊眼中只是荒謬的醜態，再沒有別的。

那種漫不經心、隔岸觀火，和羽薇小嬅又有何分別？

鄒育楨低下頭，靜靜地等待臉上的淚自行乾涸。她沒話說了，實在沒有什麼話可說了。連一句把眼前時間撐過去的敷衍的話都懶得說了。

後來兩個人是怎麼分別的，在她記憶中是一片空白，像忘了按錄影鍵的故事片段。休假開始了，她借助一支又一支娛樂八卦影片度過夜晚的時光，凌晨三、四點入睡，隔天賴床賴到中午一、兩點。她沒去醫院看雯雯，餐餐以泡麵和外送解決。第四天醒來，忽然感覺這麼耗下去簡直不如不休假，在床上輾轉了許久，才終於起身打開電腦，往垃圾信箱裡查找翻譯工作的邀請郵件。

大學畢業以後，正職的時薪超過了翻譯的酬勞，因此除非熟人邀請，她很少會再接翻譯工作了，相關的郵件也是看也不看直接刪除。久而久之，信箱就把它們自動歸類爲垃圾郵件。這一天，她卻急需和日常生活截然不同的活動來轉移注意力，想起翻譯這個副業，有種天外飛來一筆禮物之感。

點進郵件裡，內容立刻吸引了她的注意：國小性騷擾案件。地點是曦輝國小。多麼眼熟——那是表哥曾經就讀過的國小。

她和表哥不熟，只是有段時間他為了考台大而暫時住在她家。她馬上回覆，確認接案。

負責案子的承辦人員姓李，鄒育楨稱呼她李小姐。她們約見的人名叫約翰。「約翰長年住在海外，最近回來，他剛好就住在妳家附近，所以收到妳的接案確認時覺得很巧。」

李小姐調查的是一宗二十多年前的案子。有個人寫信告訴她，自己國小時曾被體育老師性騷擾。這麼多年來他不曾對任何人提起過這件事，是後來自己當上了老師，上了青少年性騷擾方面的課程，才重新正視起這段往事。他懷疑自己不是唯一的受害者，於是聯絡了在性騷擾案子方面頗有口碑的李小姐。鄒育楨今天協助訪問的約翰，是舉報者的玩伴，當年和體育老師也有頗多接觸。他也是少數回覆了李小姐郵件的人。

李小姐說約翰多年前移民美國，中文能力已大不如前。見面沒多久，鄒育楨卻很納悶。約翰的英文依然能聽出濃濃的口音。鄒育楨並沒有什麼語言天賦，可辨識口音的能力還是有的。李小姐倒是沒察覺似地一句句讓鄒育楨翻譯。她感覺難為情，硬著頭皮翻譯著，三不五時止住口察看約翰的表情。可他神態自若，沒有展現出任何的不自在。

「你有跟任何人提過這件事嗎？」李小姐問。

約翰笑了，「沒有。妳是第一個來問我的人。」

李小姐遲疑著，鼓起勇氣問：「爲什麼？」

「說了又怎樣？除了被笑，被罵娘炮之外，會有任何好處嗎？」

他是笑著說的，鄒育楨無意識地跟著抿嘴笑。不是因爲他的話的確好笑，而是出於禮貌的捧場。李小姐卻沒有笑，倒顯得她輕率，她忙斂住表情。

李小姐點了點頭。「大家都會把這種事當作玩笑，沒想過它就發生在身邊的可能性。」

約翰盯著李小姐看，目光帶著衡量，看不出來是出於好感還是反感。他放下咖啡杯，靠在沙發上敞開雙腿，呼出一口氣輕鬆地說：「見怪不怪了。」這句話是用中文說的。李小姐一愣，而鄒育楨鬆了一口氣。

他若無其事地望著咖啡店的玻璃窗，開始用中文流暢地說話，娓娓道來像在敘述一個故事。

畢了業後開始上班沒多久，他正在茶水間休息，背後傳來一驚一乍的叫聲。「哇！手帕！這個年代居然還有人帶手帕耶！」尖銳的笑聲響徹整個茶水間。三三兩兩的人走進來，同事小諾就像發現新大陸似地一邊指著約翰，一邊向同事們傳播消息。約翰忙將手帕收入褲袋中，奈何手帕的一角仍露在外面。

「害羞什麼啦！拿出來看看啊！喲！是眞絲還是綢緞？你是某國的皇室後代嗎？」他窘得耳根發燙，低頭啜起咖啡。她們又叫起來，「你幹嘛翹蘭花指啊？哈哈哈！」他倏地一看，小拇指正立在空中，像一朵一枝獨秀的玫瑰花。小拇指迅速收了回來，這一動作卻形成了新的笑料，那些人又轟地一下大笑起來。

從此他就成了辦公室裡的玩笑對象。他中學開始就沒什麼朋友，根本不懂得如何應對這種事，只能陪笑著，靜待他們對他失去興趣。他們卻毫不收斂，總是鬧哄哄的。他不擅長板起面孔，最大程度的抗議也只是把目光釘在電腦螢幕上，靠著意志力把那些嬉笑聲隔絕掉。他們卻只當他是眞的忙得不可開交，依舊在那兒笑他們的。

公司聚餐，飯後去ＫＴＶ續攤。他自告奮勇負責操作點唱機，那是流光溢彩的包廂裡最容易被人遺忘的地方。切歌，插歌，點歌。冷門的歌就往點歌本裡找編碼，一頁頁翻過去，食指點著頁面上的條目一條條地過，慢悠悠地滑。抬頭查看時間，卻才過去了十二分鐘。

小諾無預警地從身後抱住他。他震住，要躲，她的手卻抓得很牢，人沒張口就傳來一股臭氣熏天的酒味。

「喂！你在幹嘛啦！」她大大咧咧地朝他臉上吼。

他要拔開她的手，她卻早有預料似地扣得更緊，仰面大笑。他試了幾次才成功地扯開她的手，最後少不得使了點勁，她感覺到了，臉色一變，叫道：「躲什麼躲啊！你是不是男人啊！」隨後板起臉來，「問你！你到底是不是同性戀啊？」

他不回答，她就又喊了一遍。

她第一次說的時候他就聽見了，卻像考試遇上一道刁鑽的題目，依稀在某本難題集裡見到過的，當時認為它出現的機率太小而不加留意，現在它倒真的出現在眼前了。

「睜著眼睛睡著囉？」小諾又叫起來，吆喝著把她的一群姊妹們呼喚過來。

他還在那兒出神，一股愈發濃烈的酒氣直往他身上衝，熏得他頭暈，眼前不斷地掠過一雙雙烈焰紅唇，裡頭露出白裡透紅的牙齦，排列著形狀不一的米粒般的牙齒，忽明忽暗的燈光中食物渣滓時隱時現，像舊書頁上的黃斑和霉漬。

也聽不清楚她們說什麼，驀然間笑聲又如雷鳴大作。小諾撲向他的胸口，冷不防地撩開自己的裙子，說：「姊妹們快仔細看看！他那裡有沒有反應！有沒有！」

「欸妳們看！哈哈哈哈哈！妳們看！看他的腳啦！」

他低頭看。自己的雙膝併攏著，兩條小腿岔成了八字形，樣子很滑稽。

她們全體醉了，醉得厲害。平時在辦公室裡的悅耳清脆聲音不見了，變得粗聲粗氣，流氓似的，忽然抽出把刀都不奇怪。女人的聲音能說變就變嗎？他感到毛骨悚然。混亂的局面中，他淨往這個方向一路想去，疏離的思緒帶給他某種縹緲的安慰。烈焰紅唇、扁桃腺、肉渣菜渣慢慢地和包廂的燈光混為一體，茫茫的五光十色之中，他什麼都不用想也不用說，等待結束就好。

小諾又猛地抓住他的手就往自己胸前蹭。「喂！你摸啊！」

他掙脫開，她們又炸開笑。門打開，老闆走進來，雙手擦著自己的褲兜。她們發出誇張的捲舌音，說：「報告老闆！部門裡抓獲妖怪一隻！謹此報告！」

「謹此報告！」

「還望查收！」

「妖怪一隻！」

老闆望了望眼前的一團亂，似笑非笑地走開。

□

李小姐說：「那個小諾聽起來很有問題，你有跟其他同事討論嗎，會不會……也有其他人有類似的經歷。」

約翰臉色一凜，「被性騷擾這件事，在男人眼中沒有同病相憐。知道對方也被騷擾過又怎樣？一起憤世嫉俗，還是交流經驗？只能吞進肚子裡罷了。」

「那你有跟公司人事部反映嗎？」

約翰笑容發顫，「李小姐，你沒聽過那句話嗎？」

李小姐頓了頓，「哪句話。」

「男人不會被性騷擾。那叫艷遇。」

鄒育楨一直覺得約翰眼熟，當他露出那歪斜的一笑，她才終於想了起來。

表哥暫住家中的那段時間，有一天他外出，她跑到他的房間裡找擦擦筆，不小心碰倒了書桌上的一個本子，裡頭飄出來一張照片。照片裡，有個穿著學校制服的男孩側躺在草地上，大概是個大晴天，男孩的身體泛著光，散發著一種仙氣。碧清的天空和綠茵茵的草地包圍著他，他嘴邊是淺淺的笑。愜意的氣氛令人聯想到純愛漫畫裡，男孩最乾淨動人的模樣。當時她心中閃過一個模糊的疑問，表哥爲什麼會將一個男同學的照片夾在本子裡？

而眼前的約翰，和相片中的男孩如此相像。

「該談正事了吧？」似乎說起中文後，約翰就卸下了某種擔子，人也乾脆了許多。

當年在曦輝國小，他和其他幾個男同學下課之後不想回家，怕被喝了酒的爸爸打，於是就在學校裡跑步、在操場上打球，有時候太無聊了，乾脆幫體育老師整理球類室，做打掃工作。久而久之，他們就和體育老師混熟了，老師時不時會帶他們去福利社喝飲料吃熱狗。他們聽說老師已經四十歲時還嚇了一跳——對於當時的他們而言四十歲是很老的，那個和自己打打鬧鬧，趁人不防時偶爾來個掃堂腿的人，不是應該和他們差不多年齡嗎？

忘了是什麼緣故，有一回其他同學都走光了，只有約翰一個人還留在學校裡，照例幫體育老師到球類室清點運動用具。他剛剛踏進室內，就聽嘎吱的一聲。回頭看，體育老師把門鎖上了。

球類室的木門很老舊了，長年的風吹雨打之下早已變了形，關不嚴實，平時都是用鐵鎖隨便鎖起來的，到處是縫。那門不知道什麼時候被修好了，此刻門和門框之間嚴絲合縫，倒讓約翰很不習慣。球類室彷彿一下子縮小了，顯得比平時擁擠。

「把上衣脫掉。」體育老師走近約翰說。他沉著臉，聲音比平時低沉。

約翰佇立在原地不動。

「脫下。我檢查看看。」

許許多多的念頭掠過約翰的腦海，那些念頭像風扇扇葉旋轉著，慢慢地從螺旋狀變成渺茫的一片。混亂之中，一個念頭讓他鎮定下來——體育老師要求他脫的是上衣。

他懵懵懂懂地將衣服提起來。衣物蓋過臉部的那一刻，眼前說黑就黑。上衣還掛在手臂上未及放下，耳邊只聽見砂紙摩擦般的瑟瑟聲，再一看，體育老師早已心急火燎脫下了褲子，舉著兩腿之間的硬物朝他的肚臍磨蹭。濕黏的液體往他的肚皮上畫出地圖一樣的東西。

他被頂到牆上，動彈不得。他見過自己的生殖器脹大的模樣，卻和眼前的不同。眼前的東西像個被拋棄的畸形幼崽，餓昏了頭，見食就撲，撲完就死也無妨。

「你喜歡這個吧……老師早就看出來了……」

一陣噁心竄上來，約翰倒退幾步，提起衣服就往門的方向跑。門被上了兩道鎖，門把的鎖鈕上方另有一道鎖釦，手忙腳亂之中他被體育老師一把擒住，重重地推倒在地上。老師掐住他咬牙切齒地說：「你敢說出去，我就掐死你。」

約翰倒在地上，感到一陣冰涼。室內驀然整個暗下去，是什麼東西飛過球類室裡唯一的窗，遮住光了。一轉眼室內又恢復明亮，明暗的轉變快得像電影中的鏡頭轉換。空氣中瀰漫著一股悶味。低頭看，他發現自己尿褲子了。再抬頭時，體育老師正捂著臉哭。

「對不起！對不起！你原諒老師！老師不是故意的！你一定要原諒老師！」

事情過去了之後，在他耳邊陰魂不散的不是別的，而是那句「老師早就看出來了」。離開球類室之後，他一路狂奔，腦中掠過在某本書裡看過的一則故事：主角爲了養家而在劇團裡出演木偶，爲求逼眞，足足三十天的時間裡都以竹子捆綁四肢。

約翰此後便開始模仿起故事裡的主角，全身像安上了螺絲，四肢和身板都不再恣意活動，所有動作都如直角，杜絕掉任何柔軟的曲線。好幾次他費心太過，僵硬地提起手臂後不慎撞上桌角，正好擊中肘關節，疼得錐心他也不叫出聲來，極力控制著表情，絕不展露絲毫的不陽剛。他不再和那群朋友玩在一起了，爲了徹底消除與人的接觸。

□

說到此處，約翰的頸肩如木偶般格格震動，表情扭曲卻始終不讓眼淚流出來，反而讓看著的人替他難受。鄒育楨越過桌面，握住了他的手。這不像她，可她並沒有半點猶疑。或許她是想起了雯雯，或許是認定了約翰和表哥是舊友，總之，她牢牢地握住他的手。約翰緩緩抬頭，第一次正眼看鄒育楨。他沒有把手抽走，拳頭漸漸鬆開來。

李小姐說：「學校都不管這些事嗎？」

約翰無奈地笑，「拜託，我們之中除了最後考上台大的異類之外，都是被學校放棄的學生好嗎？誰會理我們。」

鄒育楨的手指不覺一顫，聽見李小姐說：「那個體育老師，叫鄭冠宏吧？」

約翰點了點頭。

「他是某個財團的公子，因為跟父親關係不睦沒有繼承家業。從小運動能力傑出，大學讀了體育系，後來也一直在校園裡做體育老師。財團定期給學校捐款——」

約翰笑出聲：「封口費？」

李小姐抿抿唇，「那種人是不可能允許這種事鬧大的。」

□

不過兩個多小時的對談，回到家時鄒育楨卻有種被掏空的感覺，本來接下翻譯工作是為了散心，現在卻陷入了更慘淡的心境之中。人剛剛在沙發上坐下，又聽見門鈴大作。

好好的一個禮拜三下午，誰會不請自來？嗶，嗶嗶，接著是急急的催促般的鈴聲，最後是長按不放。她穿上拖鞋外套，靜悄悄地走向門口。

「不要怕啦！男子漢大丈夫！你已經道歉了！連你媽都幫你低頭了！她那個態度喔，換作媽媽那個年代喔！想都別想！她也要知好歹！」

嗶——

「媽妳不要這樣啦！她最討厭這樣！」

一陣拍打聲。「儘管拿出點威風來！男子漢大丈夫！不要這樣唯唯諾諾的！婚都結了，她能怎樣？」

鄒育楨的心早已沉到地底下去了。她做了幾道深呼吸，閉上眼又睜開，方才開門。婆婆即刻收住表情，滿面春風地說：「啊鄒育楨啊！在休息啊？幫妳把老公帶回家了！」她一腳跨進門內，拉著程紹軒兩、三步就走進廚房裡去。

「媽媽做了很多好吃的，獅子頭、滷豬腳，全部都是上好的食材！」她打開一個個便當盒蓋，葷腥混雜著辛香料的濃烈氣味瀰漫整間客廳，像要往所有的家具上蒙上膩人的油層。鄒育楨默默地把一扇窗開了點縫。

程紹軒在婆婆身邊低著頭，屢屢查看著鄒育楨的臉色。

婆婆正從袋子裡拿出小黃瓜、蕃茄等食材，瞥見程紹軒的目光，走過去拍打他的手臂：「愣著幹嘛？去洗手洗臉啊！把行李放一放來吃飯啊！」

程紹軒一動不動，依舊在那兒瞅著鄒育楨。婆婆嘖一聲，把食物用力地放上廚房檯面，繞過來把程紹軒推向臥房的方向。

「媽！妳不要推啦！媽！妳不要這樣啦！」

程紹軒對他媽媽向來如此，不甚認同卻只敢嘴上抗議，皺著臉徒勞抵抗著。平時鄒育楨不過略感無奈，今天她卻深深地感到不屑。

「媽，別忙了，上次不是說了嗎？我們還沒談好。」話音未落，鄒育楨自己都嚇了一跳。她的聲音從來是偏高而清澈的，剛才出口的卻是個渾厚的中音。

程紹軒又垂下眼，臉上是掩不住的難過。婆婆傾了傾身，隨後伸著食指說：「喂我告訴妳！我昨天親自去見了那個不要臉的女人！一看那個臉就是個狐狸精！天網恢恢，做這種事沒有好下場的啦！破壞別人的家庭，道德淪喪！」

「媽。」鄒育楨說。

「破壞別人家庭，狼心狗肺！」

「媽。這是我和程紹軒之間的事。」

婆婆戛然住嘴，瞪著鄒育楨半晌，搖著頭道：「唉喲鄒育楨啊，我跟妳講啊，做人要適可而止！我兒子犯錯，都已經道歉了妳還想怎樣？男人嘛，哪有不犯錯的！」

鄒育楨的胸口起起伏伏，她聽見自己低低的冷笑聲。「媽，背叛是一件多嚴重的事，道歉就沒事了嗎？」

婆婆愣了愣，換上一種說體己話的語氣：「夫妻本來就會經歷各種各樣的事啊！我說句良心話，那個女人雖然很壞，但皮膚是眞的好，很光滑吶！水靈水靈的！所以我早就跟妳說過，女孩子喔，還是要保養，不能像妳這樣又熬夜又吃便當的。她說話也很軟耶，我罵她，她一句話都不回，就是低著頭，乖乖聽！妳太好強了！我告訴妳！全天下沒有一個媳婦敢對婆婆這樣大呼小叫的！太沒家教了！我已經沒跟妳計較了！妳現在不要在那邊什麼談不談、嚴重不嚴重的！我兒子都道歉了！還想怎樣！」

鄒育楨幾度張嘴都被擋了回來，聽到這裡實在是忍無可忍了，一鼓作氣說：「我也跟別的男人睡了。對不起。好了，我道歉了。」

婆婆的五官凝結，程紹軒的五官凝結。咚一聲，婆婆手中的蕃茄掉到地上。空氣凍成一個大冰塊，冒著冷煙，飄來浮去的就是不滴水。

「妳、妳、妳——妳、妳、妳、妳說什麼？」婆婆的最後一個音，幾乎是尖叫聲。

「鄒育楨，妳……」程紹軒非常困惑地望著她。

鄒育楨上一秒還算心平氣和，此刻才被巨大的後勁襲捲，人在地板上前搖後晃像個不倒翁。

婆婆一步步地逼近她，「妳說什麼？」聲音像吃錯藥的老鼠。

「我說了。」鄒育楨用盡全身力氣，卻只是氣若游絲地擠出這麼句話。

婆婆的兩顆眼球像要破殼而出的雛鳥，嘴巴則是雛鳥初生時的哆哆嗦嗦。

「鄒育楨妳……」程紹軒眼眶泛紅。

看到他悲傷的表情，鄒育楨反而來氣，那感覺無異於聽見老闆哭窮。「對不起。我道歉了。」

「道歉就能了事嗎！」婆婆大叫。

「是妳自己說的啊。」鄒育楨懶洋洋地說。

婆婆像中了邪般，對著空氣發愣。她不發一語地走到砧板前，隨手將放置一旁的豆腐放倒在板子上，拿起菜刀剁剁剁地切起來。她的雙眼盯著豆腐看，豆腐被切成渣沫。剁剁剁，剁剁剁。靜止。

婆婆握著菜刀，緩慢地抬頭，說：「妳剛才說什麼？」

鄒育楨盯著地板看，客廳和廚房的分界處有一條顯眼的墨水印，不知何時落下的，過去不曾發覺，現在細看，一條畸形的印漬周邊還有點點墨漬。

婆婆舉著菜刀，一臉威脅地走過來。程紹軒上前搶下菜刀。「媽！不要這樣！」

「妳——妳，妳！妳這個瘋子！妳這個不正常的瘋婆子！妳這叫殘疾知不知道？竟然還、竟然——我們家都沒嫌妳殘疾了！」

鄒育楨恨她，連帶地恨程紹軒。

「妳有毛病妳知不知道！不正常！丟——」

「媽！」程紹軒大喝一聲。

婆婆驚了驚，看著他。

程紹軒痛苦地說：「媽，我求妳不要這樣了好不好？」看不出來是不是哭。

許久後，他紅著臉說：「媽，妳先回去，我跟鄒育楨談。」

「談？你行嗎？你跟她談行嗎？」

「媽，妳先回去，拜託。」程紹軒拿起婆婆的皮包掛到她肩上，把她一路推向門口。婆婆抗議著，但顯然也被程紹軒異於平時的堅持給震住，乖乖地跨出門去。程紹軒把門關上，「我到時候再跟妳說。」

「你不要太好欺負了！媽媽挺你！」婆婆在門外不放棄地抗議著，直到聲音漸遠，繼而消失。

第三部——迷路

第十章

鄒育楨剛剛關上蓮蓬頭，就聽見爸爸的吼聲。不是平時那種暴烈的咆哮，話語內容清晰，只是音調提高，有點像女人，像是實在有話要說卻不被聆聽而倍感痛苦。

「很危險！」這三個字不斷地被重複。

媽媽高聲反駁，卻聽不清楚話的內容。一語未畢，又被一句「很危險」打斷。

鄒育楨慢悠悠地拿大毛巾擦拭身體。從聲響的模糊程度來判斷，父母的房門是關著的。加上浴室的門，總共和她隔了兩道門，覆蓋著身體的毛巾又是另一道防線。可是，她仍然做好了心理準備，萬一出去時父母的房門正好打開，和父母撞個正著，那就是往槍口上撞，免不了一場災禍。

所幸沒有發生她所擔心的事。後來她才得知，父母吵架的原因，是爸爸不同意上來考大學的表哥寄住家中。當時爸爸膝蓋受傷需要住院，媽媽也多半在醫院裡過夜，家裡正好空出了一間房。而爸爸口中的危險，是指幾個孩子們同住在一個屋簷下，做出男女之事。

再怎麼樣也是有血緣關係的表親，而且寄住時間不過兩週有餘——只因爲是孤男寡女，就足以天雷勾動地火一發不可收拾，跟發情期的禽獸一般嗎？

鄒育楨曾在便利商店裡見過一個女人，黑色袍子如薄毯覆蓋全身，臉上也覆著頭巾，只露出兩隻眼睛。後來她和程紹軒去埃及旅行時聽導遊說，那般著裝是爲了防止男人的情慾被勾起。當時，程紹軒作爲旅行團中的少數男性，整個行程都被女性團員們包圍著，一路上，不斷有當地的男人朝著程紹軒舉起大拇指，說：「Lucky man, four wives!」流裡流氣的眼光在女性團員們光裸的手臂和小腿上轉悠。

七天的行程足以讓鄒育楨理清盤旋在心中的困惑：層層包覆，像是潔淨和清心的象徵，實際上卻暗含著最猛烈的性慾。若非勢如破竹，銳不可擋，又何須大陣仗地抵御？

再回想爸爸那心急如焚、只差沒跳起來的樣子——那究竟是對血氣方剛的少男少女的誇張想像，還是某種自身慾望的投射？彷彿瀕臨極限，只消一絲誘惑就會如餓狼撲食。她頓覺反胃，上網查到了戴頭巾的原因並不如導遊所說的單一而被動，才得到某種隔靴搔癢的安慰。

媽媽已允諾了阿姨，不可能收回自己的話，於是讓孩子們對爸爸保密。親戚們唯一會肯定阿姨的，只有表哥這件事。媽媽常說：「妳阿姨什麼都不好，只有兒子教得好。」

表哥和鄒育楨想像中的很不一樣。從前就聽說過他的許多事跡：校草級別的容貌，多才多藝，唸書不在話下。她認定他會是個開朗的人。可他走進家門時，只稍稍地抬眼算作招呼，沒說一句話。人極瘦，短衫寬寬鬆鬆地掛在身上。右手上竟還戴了條金鍊子，想必是父母硬讓他戴上的。乍看過去像個受氣包。可鄒育楨絕不會這麼想他。人家可是要考台大的！他定是深藏不露的，展現出來的不過是冰山一角。

表哥抵達當天，媽媽特意從醫院回來準備晚餐。她點了外送，挾了一塊滿滿油光的肉末茄子給表哥。表哥皺皺眉搖頭。媽媽又挾了蒜蓉空心菜給他，他仍搖頭。見媽媽又舀起麻婆豆腐，他悄悄地把自己的盤子移遠，蚊子似的音量說，不用。媽媽問他很多台大的事，他全程縮著肩膀，話是從唇間擠出來的。一點也沒有高材生的自信架勢。

鄒育楨和他打成一片還是在晚飯以後。媽媽不知道從哪裡買來了四季春茶葉，煞有其事地拿出陶瓷茶壺泡起茶來。喝到中途，姊姊笑起來，「你喝茶的樣子眞優雅！」表哥雙手捧著茶杯，手指併攏，除了肩胛骨無法人爲控制，身體其餘部位都往裡縮，人呈窄窄的倒三角，彷彿恨不得能擠佔更少的空間。鄒育楨也笑，一旦有了兩個笑聲，氣氛就變了，幾個人就這麼打成了一片。

玩得最好的時候，表姊大膽提議要幫表哥化妝。那天下著大雨，哥哥問姊妹倆要不要去一家新開的烤肉店，她們都懶得出門，姊姊突然冒出這點子。鄒育楨以爲表哥絕不會答應的，內向可不等於軟弱。誰知他沉吟片刻，居然點了點頭。姊姊手舞足蹈地準備化妝品，鄒育楨還杵在原地不敢跟上去。她怕表哥是不好意思拒絕，忍辱答應了下來。

化妝時，表哥雙目和雙唇都緊閉著。鄒育楨細細觀察他的表情，沒辨識出半點不悅。化完妝的表哥其實也沒多大看頭，不過就是眼皮嘴唇添了色，顯得陰陽參半。表哥目不轉睛地注視著鏡中的自己，饒有興趣的樣子。而姊姊很滿意自己的手藝，一連拍了很多照片。從此，姊姊再看到表哥，就像看到自己的孩子似的，綻開分外親切的笑容。

或許是姊姊的慈祥笑容溫暖了他，晚飯時，寡言的表哥破天荒地主動開口說話。

「妳們知道曼秀哥哥嗎？」

鄒育楨和姊姊搖頭。哥哥沒有作聲。

表哥說：「他是最近很紅的創作歌手，已經做了幾場校園巡演。」

三個人沒應答，話題就此結束。

晚上，表哥去逛書店，姊妹倆和哥哥正看著電視吃宵夜，哥哥說，「妳們覺得他怎麼樣？」

姊妹二人望著他。

「我說去書店的那個人。妳們不覺得他很自以爲嗎？動不動就問：妳們知道這個創作歌手嗎？妳們知道這個有機食品牌子嗎？好像就他最有個性，最高尚！聽歌就聽歌吧！創作歌手了不起啊！」

在鄒育楨的記憶中，表哥也就提過那麼一回有機食品牌子，而且是媽媽起的頭，他不過在回話時順道問了這麼一句。

哥哥又說：「妳們難道沒發現，媽媽每次問他吃不吃東西，他都會做出這個表情——」他示範起緊鎖眉頭，嘴角下撇。「根本就是在說『妳煩不煩啊』。一點感恩之心都沒有！」

在鄒育楨看來，那更像是想拒絕又怕駁對方好意的爲難表情。

「考台大了不起啊？覺得自己高人一等。」

鄒育楨覺得這兩件事八桿子打不著，有點想笑，但哥哥滿臉慍色，她也不好笑出來。哥哥從兩個妹妹身上得不到明確的回應，哼了一聲說：「妳們兩個什麼都不懂。」

一直以來，哥哥和表哥都沒什麼交流，沒想到心裡對他抱有那麼多意見。就算不是同胞兄弟，畢竟是親戚，又是同性別，不似姊姊和鄒育楨一樣親密和睦就算了，居然還暗存芥蒂。而且表面上完全看不出來，更顯得那芥蒂結實得厲害。沒交流的兩個人，又都是男孩，何至於此？

兩週時間一晃就過去了。就在表哥離開前的最後一晚，哥哥興沖沖地跑到姊妹倆的房間裡，低聲說：「妳們猜我發現了什麼！」他兩眼發光，兩條腿興奮得一蹦一跳。

「媽媽叫我去問他打包行李需不需要幫忙，結果，我進門，他就驚慌地把電腦關上！但我會那麼慢嗎？早就被我看到了——妳們猜他在幹嘛？」

鄒育楨沒來由地感到惴惴不安。

「看A片！而且——」哥哥嘎嘎笑了半天，嘴巴張得幾乎蓋過了鼻尖，「是兩個男的的A片！」

姊妹倆僵在那兒。

哥哥捧腹大笑，笑聲中夾著缺氧似的氣聲。「一定要我說破嗎？他啊——是同性戀！死gay！」最後一個音尤其渾厚，像猛烈的砲火。

事情還有後續。

就在爸爸出院後沒多久，哥哥突發奇想，讓鄒育楨和姊姊一起出資，作東道請爸爸吃飯，慶祝他順利康復。沒有前例的事，姊姊說不必了吧。鄒育楨也忙附和。撥出自己的零用錢請那個人吃飯？她才不願意。但哥哥不死心，說爸爸年紀大了，從來沒有像媽媽那樣得到過孩子們的禮物，這麼來一下，保證他高興，往後家庭氛圍會跟著大變。姊妹倆不鬆口，哥哥就沉下臉來，低吼道：「一輩子就這麼一次，妳們做就對了。」那模樣暗含著動物式的武力脅迫。鄒育楨和姊姊立刻妥協，是爲了保身，兩人心照不宣。

天花板掛著水晶燈，餐桌桌布是火紅色的，椅罩以巨大的蝴蝶結裝飾。紅燒肉、白斬雞、揚州炒飯，全是些人人愛吃的菜，可但凡全家外出，鄒育楨總是提心吊膽，生怕爸爸情緒發作。還好這次他看上去心情不錯，只是望著遠方，有點人在心不在。倒是媽媽——鄒育楨沒想到她會那樣。「孩子請客呢，你多吃。」媽媽的勸說聲中是微妙的哽咽聲。她殷勤地挾菜，倒茶，說話口吻和平日不同，溫婉乖馴，像個幸福知足的女人。

姊妹倆雖然也貢獻了部分資金，但大部分還是由已經打工賺錢的哥哥出資。媽媽似乎對此很有感慨，問他：「店長如果喜歡你，有機會升職加薪嗎？」

哥哥答非所問，提起表哥：「對了，方力傑有打過工嗎？」

「沒聽說過。他要唸書，時間不夠用。考名校嘛，很競爭。」

「那也不可能一天到晚都在讀書啊。不科學。」哥哥頓了頓，說：「說起他啊，我上次帶他逛校園，他的背帶斷了，然後，從裡面掉出一本……雜誌。」

媽媽望著他。

「兩個男的裸體抱在一起。」

在爸爸面前，突然冒出這麼句話來簡直有點不倫不類。哥哥挑高了眉毛，笑得齒間格格作響，像凍著了似的。「他啊——是同性戀！」

全場安靜。

「媽，之前阿姨不是跟妳說帶他去醫院嗎？聽說——屁股流血了。屁股怎麼會流血？」他又大笑，笑聲響徹四周，渾厚飽滿得猶如喜劇片裡的背景笑聲，肩負著勾出更多笑聲的任務。

「亂說什麼！真難聽！」媽媽惡狠狠地瞪著哥哥。她顯得有些吃驚，想是從未往那個方向去想，但她當時囑咐過孩子們這件事別讓爸爸知道。無論如何她都覺得那是娘家的醜事。

爸爸忘了吞嚥口中的肉，睜大了眼睛說：「同性戀？就是男人愛男人的意思？那不是完蛋了嗎？那個治不好吧！」他難得這麼全神貫注地盯著哥哥看。

「當然治不好啊！別說讀台大，讀哈佛也治不好啦！」哥哥哇哈哈笑完，心滿意足地喝起飲料，肩背垮下去，飯局至此，亢奮的模樣沒了，像完成任務後的一派輕鬆，兩隻眼睛烏溜溜地對準了爸爸。鄒育楨看在眼裡，深覺異樣，簡直就像這是這場晚餐的壓軸，簡直就像，哥哥安排飯局的目的，就是為了告訴爸爸表哥是同志。

□

那場飯局在鄒育楨的記憶裡並不突出，她從沒把它當一回事。就算哥哥不像在開玩笑，她也覺得那種論斷過於離奇，無法當真。可是見到約翰後的幾天時間裡，她無數次回想起表哥本子裡的照片。只是時間真的隔了太久，她實在無法確定那個人是不是約翰。曦輝國小可以直升中學，約翰和表哥究竟是不是國中同學？

和李小姐見約翰那次，鄒育楨得知他是某間大學的講師。她上網找到了他的聯絡信箱，卻想不出一個得體的開場白。問他認不認識表哥未免唐突，他會奇怪她怎麼不去問自己的表哥倒要來問他；說是聽了他的經歷頗受觸動，又未免不知輕重，他若願意多說，李小姐自然會找她再去幫忙的。除非他已經不需要翻譯了。翻來覆去想了很久，她始終寫不出一個像樣的開場白。一眨眼都下午了，她換了件衣服就去便利商店買晚餐。

結帳時，她發現前方排隊的人當中，居然有約翰。才想起來李小姐說過他這段時間就住在她家附近。

「約翰，好巧。」她迎上去。

約翰見到她，客氣地點了點頭，臉上掠過一絲難爲情。上回才初次見面，他就在她面前又笑又哭的。當時是採訪式的正式場合，情緒的流露算不上出格，可現在只有鄒育楨和他兩個人，又是在便利商店這種充滿生活氣息的地方，一種尷尬便在兩人之間蔓延。

有個客人進來，耳邊響起便利商店的叮咚聲。「歡迎光臨！」

「對了，你認識方力傑嗎？」她逮住叮咚聲發問。

約翰的眉心一動，若有所思地看著她。在那種注視之下，她不好裝傻了，乾脆正色看他，說：「我們聊聊？」她笑了笑，「我請客。」

兩個人去了附近的一家咖啡店，咖啡上來以後，鄒育楨琢磨著怎麼開頭比較恰當，卻實在想不出什麼巧妙的說法，終於說：「方力傑是我表哥。」

約翰聽罷，和她對視了良久，隨後累了似地吁了口長氣，說，留校活動的男同學當中，其中一人就是他。「他……現在還好嗎。」

「現在比較少聯絡了。你們……以前很要好嗎？」

苦澀的笑在約翰臉上展開，沒有笑聲，眼睛倒漸漸變形了。

鄒育楨見他那樣，腦中轟隆的一聲。她訝異於自己的遲鈍——過往那些關於表哥是同志的話題，她權當玩笑。爲什麼？那些跡象如今想來簡直一清二楚。她自認爲是個開明的現代人，卻不曾相信過世間存在同志？不，她不是不相信世上有同志，她不相信的，是同志存在於自己的近親之中。

表哥好幾年前結了婚，在倫敦的一家私人銀行做客戶經理，太太是全職的家庭主婦，有兩個孩子，兒女雙全。因爲工作忙碌，他很少回來看阿姨。

約翰再抬頭時，微笑著說：「他說要離婚，要跟我在一起，可是他老婆威脅他，說要把我們的簡訊跟照片發給他全公司，發給所有親戚。我說她要發就讓她發啊，正好一刀兩斷重新開始。可是，他做不到。他說，他有孩子，有責任。」他臉上的笑像發條玩具般機械性地抽動著，「說我不會懂。」

□

約翰打開家門，差點撞上母親。她掛著汪汪淚眼站在那兒，像在等門。他心裡預先打起鼓來，深怕迎來什麼噩耗。不為什麼，他一直生活在這種心境之中。「這是什麼？」母親舉起一物。「為什麼你床底下會有這個東西？」她猙獰地笑著，殺紅了眼似的。

他的大腦像被漂白水浸過似的，什麼內容也不剩。心中某一處也抱著僥倖心理，或許沉默是上策，空白的反應正好消除對方的疑心。可母親逼近一步，把雜誌頁面提到他眼前。紙張因為被握得太緊而生皺。母親的關節在他眼前如此突出，他立刻改變了主意，想也沒想就說：「我撿來的。」

母親臉色大變，強硬的姿態一瞬間瓦解。「你撿這個東西做什麼？你撿它做什麼？」彷彿一切的過錯在於他撿了東西。她慟哭起來，拋棄了所有架子，像個受盡欺凌卻無力反撲的弱者，只能以哭求解脫。

他別過頭去不看她。他最怕母親的哭相。小時候看多了的。父親應酬回來，母親嘮嘮叨叨讓他注意護肝，他不耐煩地大吼一聲，母親就抽搭起來，父親更加心煩，拿起東西就砸。母親若是還繼續哭，他就跌跌撞撞地又出門去。臨走前，他發現在一旁目睹著一切的約翰，止步，斜眼看著母親對他說：「惡婦，破家！」像是下一道註解。

父親的態度顯然是把約翰當作自己陣線的人。這讓他非常慚愧。父親走後，母親還在地上啜泣。約翰走過去輕輕撫著她，她乾脆伏在沙發上大哭。哭聲太響，像烏鴉的叫聲，到後來簡直震耳欲聾。他眞怕母親會把肺給哭破，拉著她說：「別哭了……求妳……」

「你爸爸太沒良心了！他病了，我在床前伺候著，想上廁所也不去上，就怕他有個什麼需要沒人指使。怕他吃得不香，一樣的菜我想破腦袋也要做出不同的味道……」母親發父親的牢騷，最後總要牽扯出瑣碎日常的細節。那些細枝末節就像蜘蛛絲爬過約翰全身，細小而強韌地捆綁住他。爲了掙脫，他願意做任何事。有時是寫功課，有時是擦地。他週末也很少和朋友出去玩了。每當他幫母親做完家事，見她投來欣慰的笑，他就如釋重負，同時卻也有淡淡的憎惡。他當然不會表現出來，連對自己也未必承認。就怕母親又轉笑爲哭。

直到今天，他才弄懂了那種憎惡——是一種遭到挾制之感。一旦領悟過來，他像徹底地看透了母親，兩眼冷冷地盯著她看，久久不眨眼也不覺得痠疼。

母親察覺到了不對勁，臉上的憤怒淡化，漸漸被不安取代。沉默延續了一會兒，她說：「是阿翔說的。」說著，她重獲底氣，再次提高了音量，「說你在樓下打籃球，他從樓上把這個亂七八糟的東西折成紙飛機丟向你，你看了一眼就帶走了！還說——還說什麼你賊頭賊腦的像撿到寶一樣！神經病！」

一想像自己在別人的監視底下的可笑模樣，約翰全身滾燙起來。母親注視著他，乘勝追擊似地說不知道怎麼跟他父親交代，不知道怎麼堵住鄰居的嘴，不知道以後怎麼見人。他根本沒想過這些，腦門嗡嗡作響，頭皮麻到耳根。剛才的理直氣壯全軍覆沒，他忙說：「只是無聊看看而已。」他自己都覺得欠缺說服力，母親卻頓時停止了哭聲，鎮靜地說：「我就知道。」他很快被安排了相親。

□

鄒育楨聽著約翰說這些過往，腦海中約翰的母親和雯雯的母親合爲一體，當他說：「我們兩個的經歷太像了。家庭……成長環境……」她一度混亂，以爲他說的「我們」是他和雯雯。直到他自嘲式地笑了笑，說：「甚至婚姻也是。但我離婚了。他沒有。」她才回過神來，他指的人是表哥。

和約翰分別後，鄒育楨久久無法從一種惶然中振作起來。近期發生的種種事情都令她感到一種蒼茫的恐懼。像是竊聽到了掌權者針對平民的密謀，令人再也無法輕信四周的太平景象，前途茫茫，何去何從全無把握。她在家裡又是洗碗又是換床單，心情還是沒有改善。急需依託之中，她發了一封郵件給楊老師，問對方可不可以單獨做諮詢，因爲自己和程紹軒最近斷了聯絡。

楊老師的回覆很簡短：歡迎諮詢，費用一樣。這答覆讓鄒育楨意識到，自己並不是眞心想預約諮詢，只是想得到楊老師的安慰。對方卻如此公事公辦，沒有絲毫同情心。她以確認會面時間爲由打了通電話過去。電話一接通，她直接地說：「他搬回自己家裡住了。怎麼會搞成這樣？做諮商怎麼反而愈來愈糟？」

楊老師的聲音終於有了些溫度。「所有的親密關係都離不開性。性的問題，就會成爲親密關係的問題。你們之間產生了隔閡，眞的是問題變糟嗎？還是，只是問題被挖掘出來而已？」

鄒育楨只是一個勁兒地哭，像是對著慈母撒嬌，又像是責怪一個罪魁禍首。掛了電話之後，她有種全身裡外都被洗過一遍的感覺。這一晚，她終於沒有失眠。她花了好幾個小時，在各個大大小小的社交平台和論壇收集資料。

□

一個禮拜的休假轉眼就到頭了。休假的最後一天，鄒育楨第三次去醫院探望雯雯，一進病房她就說：「事情上新聞了，妳看到了嗎？」

雯雯將目光轉向鄒育楨。

不知道是誰把雯雯和老闆的事寫成文章發布到網上。有人猜測是女性話的內部人員，可是沒有實證。事件鬧上了新聞，各大平台和論壇都留言紛飛。

「男人到幾歲～都很專情～喜歡～年輕的。但這女的～也太壞，破壞別人家庭」

「沒臉蛋沒身材沒能力，哎，給自己找出路也是情有可原」

「你情我願的事，自甘做雞，價錢談不攏了，又要毀了人家？」

「不漂亮不是重點！你年紀輕輕，爲什麼不珍惜自己，好好打拚？面對有家室的男老闆的接近～保持距離～喝酒的場合不要去～太晚的聚餐躲開～如果快被下手了～可以說自己有性病～無論如何，女孩子要自重自愛～」

但也有另一種聲音。鄒育楨前前後後翻遍了無數個網站，收集了很多資料，將所有截圖整理成一個相簿。

如果連一面之緣的約翰都可以讓她握住他的手，雯雯沒理由不會。如果連有過一連串悲慘經歷的約翰都可以選擇離婚面對自己，沒理由雯雯不行。

她把相簿遞給雯雯看。

「可怕的老闆，權力迫害何時才會結束」

「我跟雯雯是國小同學，她是個誠實的好學生，好女兒，她家境不好，下課不跟我們玩，回家幫媽媽做零工。出了社會遇到這種趁人之危的老闆，眞的太可憐了！」

而那個被很多波浪號裝飾的留言，則被按了兩百三十四個憤怒表情。「哈囉？你是清朝人嗎？爲什麼都是給弱勢的指南？看你的頭像，應該也才三十多歲，也不老啊，可以麻煩與時俱進嗎？」

「『自重自愛』個屁啊！這種黑白顚倒的話麻煩法律禁止！」

「喝酒不去不影響升職嗎？憑什麼要弱勢自我審查，強勢隨心所欲？」

雯雯瞪著螢幕一眨不眨，彷彿一點一點地吞咽著每一個字。她往下滑著，突然噠的一聲，什麼東西砸向了手機。鄒育楨抬眼，見雯雯的雙眼生了一層淚霧。鄒育楨抽了一張衛生紙遞給她，握緊她的手。她沒有回應，久了，鄒育楨的手又冷又痠。

一個護士走進來給雯雯檢查點滴，在鄒育楨和雯雯之間熟練地走動著，「今天有朋友來看妳啊，很棒喔。」她不可能沒看見雯雯在哭，卻沒有慰問她的意思，彷彿雯雯是一隻木偶，又彷彿她自己是一隻木偶，周旋了一會兒，她完成了工作，留下輕飄飄的寒暄之後離開。

雯雯依舊盯著鄒育楨的手機螢幕，只是不再往下滑了，螢幕轉黑了也沒反應。矇矓的雙眼失明似的沒有聚焦。

當雯雯終於開口說話時，還是她一貫的面無表情，語調卻空靈得可怕，像是極不稱職的電影旁白。「他把我壓在桌子底下，我的頭撞到角落，脖子很痛，我想動，動不了，他壓在我身上，嘴唇貼在脖子上，軟趴趴的，鬍碴很刺，很噁心，但推不開……氣吹進衣服裡，牙齒在身上咬，往下，往下……」她眉間的肌肉如同某種撼動的根源，往臉上各部掀起波瀾，五官隨之漸漸畸形。「他把胸罩扒開，咬我，舔我，吸我，吹我。」

恥辱的模樣是那麼眼熟，是鄒育楨往姊姊的耳朵吹氣時，姊姊臉上出現的表情。最折磨她們的，不是外力，是更隱祕的東西。

「不可能……他不是那種人……妳不懂……我想反抗，發不出聲音。打我屁股，掐我乳頭……他笑，說對上胃口了吧，吸、吸……」她像是自暴自棄了，一句句地重複著惡夢一樣的語言。

鄒育楨撲上去抱住雯雯，分不清自己是想安撫她還是制止她說下去。恨不能擁緊她的整個身體整顆心。雯雯的肩膀堅硬得像一面盾牌，愈是緊擁愈是堅挺，嘴裡還在喃喃自語。鄒育楨的五臟六腑早就像造反了似地打著漩，一陣陣往上湧。此刻抱著雯雯，雯雯嘴裡散發的異樣氣味近在咫尺，隨著她的呢喃鑽進鄒育楨的口鼻裡，鄒育楨往上震，又往上震，終於推開雯雯，往一旁嘔吐。

第十一章

兩個人商量好了由程紹軒負責找諮商師。好幾週時間，他都沒聲沒息，鄒育楨催他，他就說沒找到什麼像樣的診所。她等不及了，自己動手查，幾個小時內就找到了好幾家評分高信用好的診所。她把資料整理成表格後發給他，又是好幾天沒有反應。

「你到底什麼時候才要看啊？」

「工作。」他目不轉睛地看著電腦，回答簡短，表示連句完整的話都無暇說。

鄒育楨杵在原地瞪著程紹軒。他的滑鼠的一點點移動，椅子的一絲絲聲響，都帶給她無限希望。待他終於起身，她豁然開朗——他剛剛專心致志看著的，原來是她發過去的表格？這麼想著，她卻又眼睜睜地看見他直奔廁所的方向，「肚子痛，大便。」

一個多小時後他才從廁所裡出來，還是爲了接工作的電話。他握著手機一頭扎進臥房裡。結束通話走出房間時，已是傍晚七點多。換作平常，鄒育楨早和他吵一架，可這回她努力讓自己心平氣和，說：「可以討論了嗎？還是你現在要煮飯吃飯，工作打電話，拉肚子放屁，身體不舒服所以需要躺下來休息，一覺睡到天亮？」她最後還是忍不住激動了起來。

程紹軒也不爲自己辯護，人倒在沙發上，慢慢地呼吸。半晌才說：「萬一被別人發現怎麼辦？」

鄒育楨怔住。這就是他的心裡話？她耐著性子說：「不會的，個人資料受到法律保護，只要是正規的診所就很安全。」

「那只是不能公開。但諮商師跟自己的家人朋友不會管那麼多吧？萬一朋友的朋友或家人的家人剛好認識我們呢？」

「去也是你說的。」她冷冷回答，忽然覺得委屈。爲什麼得由她來哄動他？彷彿備受壓力的只有他那一方。

□

回去上班的第一天，鄒育楨推開辦公室的門，不由得原地呆住。站在印表機旁邊的，赫然是老闆。他一隻手握著咖啡杯，另一隻手搭在印表機上，怡然自得地聽著Andy匯報工作。老闆聽見了門口的動靜，瞥過來，朝鄒育楨隨意地點了點頭。

她環視辦公室，蕊秋的桌子還是空的，黑色的大螢幕上方已經積了一層灰。蕊秋離開後，她的辦公桌就安靜得像從未有人使用過，乍眼看過去令人產生一種錯覺，好像她已經離職。老闆個人辦公室的門半開著，桌上雜亂地堆著文件和信封，一個馬克杯和兩、三個紙杯，他專用的空氣淨化器如常發著嘶嘶聲響。顯然他不是今天剛剛歸來，而是在她休假期間回來了的，並且是正式地歸來而不是爲了處理緊急事務才短暫出席。

Andy循著老闆的眼神轉過頭來，看見鄒育楨，眼裡登生愧色。

她倚在門邊躑躅著，直到背後傳來同事的一聲乾咳，她才忙讓開路，順勢走向自己的座位。一坐下來，她馬上傳簡訊給羽薇她們：老闆回來了？

「回來啦。事情那麼多，哪裡離得了他。」

「那件事呢？有結論了？」

「不知道，沒聽說什麼。」

「沒有結論他就回來了？蕊秋呢？」

「應該就是因爲沒有結論所以也不能讓他一直在家吧？」

關於蕊秋的提問始終無人回應。鄒育楨覺得自己的另一個疑問根本沒有了問出口的必要：雯雯又算什麼？Andy那慚愧之色，是因爲他也感覺到了這件事的不對勁嗎？他爲了蕊秋的事曾來關心過鄒育楨，所以在她面前無法像其他人那樣若無其事？

她心神不寧地度過了一天，一到下午六點整就迫不及待地起身收拾東西。她正要走，Andy來到了她身邊，問她要不要去樓下喝杯咖啡。

兩個人並肩排著隊，一路上盯著店員身後的菜單黑板不說話。坐下之後，Andy還是盯著咖啡上的拉花半天不作聲。有個人經過，不小心撞了他一下，向他連聲道歉，他忙說沒關係，而他這一開口彷彿就證明了自己不是啞巴，沒有了沉默下去的資格，終於說：「那天晚上，眞的很抱歉。」說完，他的頭顱沉重地墜下去。

前一陣子Andy去海外出差，回來時又輪到鄒育楨休假，今天也就成了兩個人自那一晚起第一次見面。

「我明明知道妳……不該……」他的頭愈垂愈低，鄒育楨能淸楚看見他頭頂上的髮旋。

鄒育楨這才明白，原來Andy的慚愧，是爲了他們那一晚的事而不是蕊秋的事。他在這裡道歉，好像那件事全怪他的失態，是他那一方的過失。明明是你情我願的事，他卻一肩扛起。因爲她已婚，他就順理成章地成了那個介入別人婚姻的、整個事件裡的反派人物嗎？

望著Andy抬不起頭的模樣，鄒育楨感到一陣灰心。她忽然覺得他好遙遠。在他眼中，比起鄒育楨本人，他看到的更多是一個「人妻」的身分。從某種角度而言，他和姊姊是一樣的。她小聲地說，別說了，忘了吧。偏著頭，垂著眼，羞愧地，無力地，與氣氛相符地。

回到公司，她傳簡訊給約翰，約他下班後見個面。約翰明天就要回美國了，他說過今天一整天都會在家，她有空的話可以見個面道別一下。

李小姐的調查結果相當平淡。原本她是打算調查出一定結果後，找到體育老師的下落，再和學校三方約談，給受害者一個交代並公開道歉。但最後她查出體育老師已經離世。是一起交通事故。他車上的雨刷壞了沒有拿去送修，一個雨夜，在高速公路上一個不注意衝向了安全島，車身翻入對面的車道，被迎面駛來的大卡車撞個正著。當時他才五十歲。他早已和家庭徹底決裂，沒結婚生子也沒有什麼朋友，還是救助機構向政府申請了補助才處理好後事。

手機震動時，鄒育楨電腦用累了，正伏在窗口眺望著下面的十字路口。她背過身去擋住手機螢幕上的反光，把訊息從頭到尾讀了一遍又一遍。彷彿看的不是一封簡訊而是一幅畫。李小姐說，所有受害者一致要求她寫信給校長說明完整情況。她照做，後來又直接將校長的回信轉發給大家。校長說，對此事一概不知，所有職員都持有必要的專業執照，學校這幾年也不斷地推出新的政策來加強和家長們的溝通，讓家長們能更即時地了解到孩子們在學校裡的情況。

約翰說：「罪有應得？死有餘辜？我一點感覺都沒有。他死得那麼淒慘孤單，我反而痛快不起來。」

鄒育楨點了點頭。她有相同的感覺，只是以自己的立場，沒有資格先於約翰這麼說。

約翰微微笑，「妳呢？跟妳老公怎麼樣了？還在分居？」

鄒育楨發出嘹亮的笑聲，「很不好啊！不然咧！」

約翰沒有跟著笑，靜靜地望著她。她本來是想用笑來趕走心裡的苦悶，免得打開一道匣門後一發不可收拾。約翰的反應倒令她臉頰痠麻。

□

晴空下的斜陽格外明亮，把廚房裡的菜刀照得發亮，像夢中那狂怒女人的皮包鐵鉤。

鄒育楨和程紹軒自最後一句爭論以來，不知道在客廳裡沉默了多久。兩個人守在各自的位置上不移動。空氣裡滿滿的哀愁，是程紹軒身上散發出來的。

程紹軒慢慢地走進書房裡，出來時手中握著他的算盤。那是他的幼年之物，在縣市算盤比賽中奪冠的紀念品。他婚後特意把它從家裡帶來兩個人的愛巢。那也是他這輩子得過的唯一大獎。

他走到鄒育楨面前，把算盤放到了地板上。他一點一點地降下去，直到兩膝落在算盤上。算珠和地板發出嘎啦嘎啦響。

他伸手握住鄒育楨的手。「鄒育楨，我求求妳，不要離婚。」說完，他低下頭去。他後腦杓的短髮扁塌，是長時間躺著不動的結果。髮尾參差不齊，歪七扭八，早就該去理一理了。

眼前的就是她的枕邊人嗎？沒有絲毫親切感，他只是一個狼狽的人，正在不堪地央求她提供一件她並不擁有的東西。

「我們重新開始，扯平了，不計較了好不好？」程紹軒說。

「但是你不愛我了。」她語調平淡。

「亂講！不要亂講！」

「不是嗎？」

「不是啊！」

「那你爲什麼出軌？」

「那只是……她就一直接近我，整個辦公室的人都看得出來——不信妳去問！然後妳又一直跟我生氣不理我……」

「你就沒有一點喜歡她？」

程紹軒呆了呆，說：「沒有啊！她就……就那樣！」

「你們會一起吃飯嗎？」

程紹軒沉默。

「會聊天嗎？」

沉默。

「是什麼時候開始的？」

程紹軒的喉嚨發出嗚嚕嚕的聲響，「鄒育楨我拜託妳……以後都不會了。」

鄒育楨把他的臉捧起來，「程紹軒，難道你不想跟她在一起嗎？如果你喜歡她，爲什麼要勉強自己？」

「我沒有喜歡她！我怎麼可能跟那種女人在一起！」

如同一根針刺進鄒育楨的耳膜，她收回貼在他耳鬢上的手，「哪種女人？」

「破壞別人家庭的女人！」

鄒育楨望著他，冷冷地說：「她破壞的是別人的家庭，你破壞的又是誰的家庭？」

程紹軒瞪著眼，一臉的茫然。

「她破壞的是跟她無關的家庭，而你破壞的，是你宣誓過要一生守護的、你自己的家庭。對這個家庭，誰的責任更大？論道德，是誰更不道德？」

程紹軒仍然一臉懵懂。

她扶起他，也把算盤拾起來放在他手中。「你去喜歡你喜歡的，不用那麼可憐。」程紹軒將算盤扔到沙發上，「我沒有喜歡她！我做錯了，妳也做錯了！我們就選擇原諒，好不好？我們結婚了！結婚就是要原諒不是嗎？」

「你根本沒有接受事實，怎麼可能原諒我？如果你眞的喜歡我，離婚又算什麼？」

程紹軒愣望她，皺眉：「鄒育楨妳在講什麼啊？不要再說那些話了好不好！到底爲什麼！妳變了！變得像個陌生人一樣！好像妳不在乎我了！好像妳想的都不一樣了！我做錯了什麼——不，我知道我做錯了！可是妳不要這樣好不好！我覺得妳根本也不是爲了這個！我不懂！」

他再次一點點地降下去，抱住頭發出嗚咽。

看著他蹲在地上無計可施的模樣，鄒育楨想起中學時疑似出現過的命案。

當時正在舉行跨校籃球賽，輪到鄒育楨的學校當接待方，別市的師生隊伍浩浩蕩蕩地前來。比賽是早上進行到晚上，結束後大夥兒熱熱鬧鬧地共進晚餐，一天的行程才算結束。

鄒育楨離開學校前經過廁所，忽然一個男同學橫衝直衝出來，臉色慘白。「怎、怎、怎麼會這樣！」他睜大了眼，下頷打顫。「廁、廁、廁所裡……」

見他那副被嚇破了膽的樣子，鄒育楨凝在原地，寒毛豎起，也不敢追問下文。

「有血！很多血！」

鄒育楨的心跳加速，雙腳發冷。

廁所裡傳出狂笑聲，兩、三個男孩走出來，笑得前仰後合。「怎、怎麼會這樣？怎麼會這樣？」他們怪裡怪氣地叫著。「血！很多血！」

男同學被他們的輕浮模樣給驚呆了，求助地對鄒育楨說：「女廁的馬桶裡有血！很多血！」

鄒育楨微愣，苦笑。

男孩是插班生，大概是錯過了健康教育課程。同學們一個個掛著心知肚明的笑，唯獨他一個人被蒙在鼓裡，看上去非常無助。

學校安排的是男女生分開上課，課程前後的一段時間裡，兩性之間頻繁出現相關的玩笑。

「喲，妳屁股上是什麼？」男生會指著女生的臀部大叫一聲。

女生驚嚇地轉過頭去看，男生見狀，發出爆笑。

也並不限於那個轉學生。姊姊來初潮時，媽媽在哥哥面前提及此事總要使用隱語，不是世間慣用的「那個」、「好朋友」、「生理期」，而是不悅地擲出一句「女生的事！」旋即不容追問地背過身去。彷彿指責。哥哥的身體會產生微妙的變化，一秒的凍結、受傷、落魄，像一隻被隔絕在外的小狗。鄒育楨不忍直視，總要別開頭去。

程紹軒忽然生氣了，「爲什麼好像一切都是我的錯？妳們女生也佔了很多便宜啊！妳知不知道我國小的時候就因爲下課唱了一首『蘭花草』就被罵是女人！連唱歌都不行！」

鄒育楨的腦海中浮現出小小的程紹軒，穿著白襯衫和短褲，捧著歌詞本搖頭晃腦地唱著：我從山中來，帶著蘭花兒草，種在小園中，希望花開早。哎噁！你是女生喔！蘭花卻依然，苞也無一個。羞羞臉！羞羞臉！玫瑰花倒是開了，雖然也凋零了。

「我做錯了，妳也——我們改，好不好？」他伸手想牽住鄒育楨，可她的雙手正夾在大腿之間取暖，他沒握著，看了半晌，沒有再去牽，而是緩緩地收回了手。像是知難而退，懂事的模樣幾乎催人心軟。

爸爸也在鄒育楨面前展露過那種知難而退的模樣。

一生中只有過那麼幾次，爸爸講理得反常。鄒育楨正在客廳裡用電腦，他來到她身邊。她的腦筋迅速地搜尋脫身的理由，他卻已經調過頭來，兩隻眼睛對準了她。他的目光大半時候是渙散的，寄身於與當下無關的遠方，充滿空子，便於脫逃。可這次，他的目光如飛機著陸般定定地落在她臉上，心無旁騖，令她不敢妄動。他伸出手，掌心向上，意思是讓她牽住。她不想牽，又不敢明著違逆，只能不做反應，盼著就此混過去。等了一會兒都沒動靜，她偷眼瞄他，見他表情安詳，彷彿早已料到這樣的結局。他沒有平時的擠眉弄眼，乾脆地收回了手。

一生中偶爾有過幾次那樣的時刻，她豁免於那些折騰人的功夫。他帶著失意者的寬容將她放行，彷彿他早就知道，自己是不被愛的。

鄒育楨坐到了地面上，握住程紹軒的手。他的手腕冰涼，她焐緊了揉了揉。

「你說的沒錯……這不是你的錯。不完全是。可是你聽說過嗎？有個女明星只因爲在節目上說自己看了一本女性主義的書，就被網友燒了大頭照，以示抗議。你信嗎？連看書的自由都沒有。『跟我做愛』，問了不給，就用求的，求的不成，就用強的，搶進家門，就爲所欲爲，大不了打罵，不是一個人打罵，是整個圈子的人打罵……你聽過那句話嗎？會燒書遲早就會燒人。」程紹軒一臉不解。她攢眉，自己也糊塗了。「遲早都得棄守吧？但遲早都是輸。你說的對，不完全是你的錯，是太多太大了……你知道嗎？直到今天我都不敢把腳岔得太開，我眞的很怕什麼東西會突然衝進來！紹軒……求你，離婚吧。我已經決定了，但我還是求你，只是因爲我還愛你。」她抽泣起來。

嘴裡說著這些字句，她卻感到和自己的心坎實實隔了一層。她還在恨他，早就分不清楚這些話當中有多少是自我坦承，又有多少，是爲了居高臨下地啟發他，爲了見到他驚慌失措的樣子，報復他背叛她，讓他深切地體會到後果，用一生去懺悔。

第十二章

鄒育楨告訴小嬅和羽薇離婚消息後，小嬅倒吸一口涼氣，而羽薇臉上是掩不住的遺憾。

「其實，我覺得這樣眞的很好。」鄒育楨笑著說。

小嬅握住鄒育楨的雙肩，深深地望進她的眼睛裡：「妳確定嗎？他雖然犯錯了，但是，畢竟只是一次。如果妳只是覺得很委屈，我們都會在這裡聽妳說的。」

鄒育楨呵呵笑，抖擻著自己的雙肩，卻抖不開小嬅的手，緊抓不放的力道產生一股熱氣。她咬咬牙，說：「但我也出軌了。不知道他是不是可以這樣想我。」

小嬅的手鬆開，滑下去，表情像是驚覺自己認錯了眼前的人，這會兒不知該怎麼收場了。羽薇抬起眉毛「喔」了一聲，聽不出是句號還是問號，神態不自然地喝起茶。

「雯雯出院一陣子了，但她還是會定期回醫院做檢查。她聽了安霓的話，現在在看心理醫生了。有空一起去看看她好不好？她說她在考慮申請獎學金，想去讀個碩士，跟植物相關的科系。妳們記得她分享過的盆栽照片嗎？我們也幫她出主意，多鼓勵她好不好？妳們如果知道什麼好的獎學金制度，也發給她吧。找時間我們一起去她家，看看那些盆栽本尊吧？怎麼樣？」

小嬅和羽薇攪拌著杯子裡的茶水，嗯嗯哼哼地應著。

她們今天不正面回答，鄒育楨明天還會再問。明天不正面回答，她後天還會再問。無論怎樣，面對這兩個人，她總算是報備完畢了。只剩下家裡。

她忐忑了好幾天，終於選定了一個所有人都會回家的週末來公布離婚的事。眨眼就到車站了。她往家裡的方向走了幾步，止住腳，決定買點零食帶回家。一路上就有好幾家便利商店，但她想吃一種玉米餅乾，只有車站裡的一間小店才有賣，於是又穿過門票匣，進入車站裡頭。

她正瀏覽著貨櫃上的商品，身邊出現一個熟悉的身影。

卻是阿姨。淡灰色的短恤搭配深藍色的布褲，是阿姨平時的打扮，但第一次在家族聚餐以外的場合見到她，鄒育楨有種異樣感，像巧遇一個公眾人物，只在電視裡見過的人忽然出現在眼前，一時半會兒還認不出來。

「咦，育楨，這麼巧。最近好不好啊？很久沒見到妳了。」阿姨笑著說。

鄒育楨本來想趁著被阿姨發現以前溜走，這下倒被阿姨親切的問候弄得不知所措了。她愣著不說話，反而更令阿姨注意起來，盯著她的臉看。再不說點什麼，就像是眞有什麼大事了，愈這麼想，她愈是想不到任何平平常常的話說，一張嘴，竟是：「我要離婚了。」

阿姨愕然，露出不知所措的笑。半晌，她才說：「妳是有選擇的，這很好。」

鄒育楨怔住，阿姨這話通情達理，態度冷靜深沉，哪裡像是她所認識的阿姨，簡直有點像一個好人，有點像一個……正常人。

回家的一路上，鄒育楨不住地想著，不知道阿姨知不知道表哥的性向。或許不知道吧。但也可能知道，只不過在親戚面前佯裝不知罷了。又或是像約翰的媽媽那樣。

又是個烈陽高照的一天，遠方，紅綠燈的輪廓在熱度中搖搖晃晃。鄒育楨在一種亦幻亦眞的迷濛中抬頭，耀眼的光射來，她閉上眼迎來一片奇異的紅色。再睜開眼，四周景物片斷式地回到視線裡，一塊塊局部逐步拼湊成完整的面貌，熟悉而陌生。

家裡人到齊後，哥哥和姊姊又是看電視又是上廁所的，媽媽又堅持要把涼了的飯菜重新拿去加熱，鄒育楨的緊張感漸漸消耗，被一股不耐煩取代。因此，當四個人終於坐定在餐桌邊，她一鼓作氣說：「對了，我可能要離婚了。」和排演了無數遍的版本不同，她不小心多加了「可能」二字。她往嘴裡灌進一大口水，很慢很慢地吞下去。

全家人的臉像扇貝張開似地緩緩轉向她。

「嗯，我跟程紹軒要離婚了。」她趁機說得精準一些，喝完了一大杯水又滿上一杯再喝。喉嚨吃不消了，每吞進一口就像刀片刮過似的。

「什麼意思？好好的離什麼婚？」媽媽終於反應來，眼窩變得很深，一瞬間像老了十歲。鄒育楨心裡湧起一陣內疚，低頭吃了幾口飯。胃裡過量的水本來就攪得她難受，再添上食物，就化作一股噴洩的慾望。

媽媽盤問不休：「幹嘛要離婚？他欺負妳？外面有女人？」

鄒育楨點點頭，起身衝進廁所裡。咻——急流湧出之後，一陣靜悄悄，緊接著是吸溜溜和滴滴答答相互交替著。

從廁所裡出來時，餐桌是一片沉默。她坐下，筷子伸向一盤青椒牛肉，挾到的偏偏不是牛肉也不是青椒，而是蒜頭。她硬是把它送進嘴裡。軟得過了頭，辣味不再了。

哥哥喝乾了一杯啤酒：「早就知道他不是什麼好東西，妳們還一直說他長得帥啊有出息啊。早就跟妳們說過了。」

「你不要喝那麼多酒。」媽媽說。「沒看你爸爸那樣。」爸爸幾年前患上肝硬化，那之後酒喝得更多了。他離去時嘴巴張著，裡頭傳來的終於不再是一股酒氣。

「我也出軌了。」鄒育楨抬頭說，聲音顫抖。她努力讓自己的眼睛眨也不眨地望著哥哥。雙目很快變得乾澀疼痛。

「什麼？」哥哥猝不及防，聲音很小，像一隻意欲躲進殼裡的軟體動物。

媽媽一副快哭出來的表情：「什麼東西？什麼東西？妳是怎樣？」

鄒育楨伸出手覆住媽媽的手，「媽，沒事的。我跟程紹軒做了對我們最好的選擇，妳相信我好嗎？」

媽媽甩開她的手，提高聲音說：「什麼相信妳？突然回家說這些聽不懂的話要我怎麼相信妳？」

媽媽的粗魯反應把鄒育楨心中的柔情驅散，她意識到自己過於天眞了，竟以爲只要心平氣和地向媽媽報備，媽媽就會感染到她的信心，乾乾脆脆地接受她的決定。

媽媽又叫起來：「老大整天亂搞！老二嫁不出去！小的給我鬧離婚！我這是造了什麼孽啊！」聲音有力，年輕時的威嚴忽然再現。

鄒育楨飛眼看過去，姊姊從嘴裡挑出一粒東西，黏到衛生紙上，第一次沒黏上，手指顛來倒去地弄。而哥哥臉上掠過一絲難受，放下碗筷雙手抓起臉來，五官被抓得只剩線條和肉團，說是搔癢未免過於狠命，更像是在……努力找瘡口的獸崽。

恍惚間，眼前的不是年近四十的哥哥，而是那個十五、六歲的少年。媽媽訓斥他：「不要亂搞！把妹妹帶壞！」她在他的錢包裡發現了保險套。被罵的哥哥佝僂著背，不言不語。鄒育楨進入高中後，發現一些男同學的錢包裡都會放保險套，包括那些不可能有女朋友的人。它就像是一種可以花錢買的里程碑，一種屬於青少年的安樂毯。

回想起來簡直神奇，哥哥和姊妹倆之間的隔閡，幾乎是在有記憶以來就存在的，之後隨著年紀的增長而加深，在不知不覺間形成一種理所當然的相處模式。最早也不過是鄒育楨五、六歲時，她就學會了「騷擾」二字。

「不要騷擾我啦！」姊姊生氣地向哥哥抗議道。

鄒育楨趕忙逃走。哥哥真的很怪，每天都像故事書裡的怪物一樣，沒有固定形體，黏糊糊軟趴趴地糾纏著姊姊和她。騷擾二字是姊姊從學校裡聽來的，男女同學之間互相控訴，異性不慎擦過自己的課桌角時，就捉賊似地大喊一聲，「騷擾！」不消多久，連空氣都分了你我，構成騷擾的領域。

鄒育楨幼時跟著大人去叔公家裡，總想趕在下午七點鐘以前離開。他們家養了兩條狗，一條溫馴安靜，另一條像匹野馬，雖然並不張口咬，那氣勢也夠嚇人。牠於是長時間地被關著，到了晚上七點鐘才被放出來透透氣。那條狗也不知怎地特別喜歡鄒育楨，出了籠子誰也不找就愛找她。因此天一暗，她就自動自發地躲進廁所裡去。

聽見姊姊的那句抗議時，她同樣是自動自發地一溜煙躲到房間裡去。姊姊也跑進來，隨後兩個人在門把上掛上「請勿打擾」的掛牌。當然沒有用，哥哥隨時都能闖進來。姊妹倆試過鎖門，後來被媽媽罵了。她不喜歡孩子們在家鎖門。

哥哥的手總是潮乎乎的，有時貼在鄒育楨的背上，悶熱異常，她加快腳步也甩不掉那貼布似的手掌。所以媽媽也討厭哥哥抱她，有時兩個女兒擁著媽媽撒嬌，哥哥看了就笑嘻嘻地湊上來，搭配幾句不陰不陽的玩笑。媽媽馬上大力推開他。也只有媽媽敢動真格朝他發脾氣。一起在外頭走著，鄒育楨也隨時提防著，絕不能讓靠近哥哥的那隻手閒著，否則一個疏忽就讓他牽住了。兄妹三人買冰淇淋吃，她和姊姊牽起手來，另一隻手用來拿冰淇淋棒。兩個人交換一個眼神，會心一笑。

僥倖逃脫並不等於徹底倖免。在學校裡，鄒育楨翻開畫畫用的本子，映入眼簾的是一個陌生的畫風。也不知道是什麼時候給畫上去的：肌肉發達的光頭男子，一隻拳頭在肋骨前方，一隻抵著下頷。不像拳法倒像招財貓。身材健碩動作怪異的男子佔滿了一整頁。同學伸頭瞧見了，噗嗤一笑，「什麼怪東西呀！妳怎麼會畫這種東西！」

鄒育楨紅了臉，咯咯笑，表示有同感，以此撇清自己。可朋友還在等她的解釋，她一句「不知道誰畫的」到了嘴邊又說不出口。她怕說謊被拆穿會更加無地自容，索性瞪大了眼睛不說話。從此，關在房門內的不再只是她的人身，畫畫本也被鎖進了抽屜裡。去學校前拿出來收進書包裡，放了學又藏進抽屜裡。

幾天後，又是作業本出事。最新的空白頁上，出現了半頁多的文章。

「有時候，我眞的不知道該怎麼辦。想跟家裡人親近，想跟妹妹好，卻被當作騷擾。難道關心也是一種騷擾嗎？我買玩具，妹妹碰也不碰。轉學後，學校裡沒有一個朋友。在家裡，媽媽跟妹妹因爲是女生所以自己玩在一起，把我排除在外。我只是想要人陪，錯了嗎？連阿姨跟姨丈離婚的事，媽媽也只告訴妹妹不告訴我。追問妹妹很久才知道，媽媽是怕我會洩露給爸爸聽。就因爲我是男生，我就會站在爸爸那邊嗎？可是爸爸根本也不管我。那我到底屬於哪一國？我的港口在哪裡？」

人模人樣的文字，像個有血有肉的散文家，詩人。根本無法和哥哥本人畫上等號。太詭異了，她拿給姊姊看，盼望她給出合理的解釋，或者大笑兩聲也好，兩個人嘲弄一番就讓事情翻篇了。可是姊姊讀完後，點著頭說：「人都怕孤獨！」意味深長的表情像個哲學家。下巴抬著，顯然自己也有這麼個自覺。鄒育楨感覺姊姊這個靠山不可靠了，沒了主意，只得將筆記本又放進書包裡，預備隔天到學校裡撕掉處理。

而今的鄒育楨回憶起來，一顆心竟空落落的，很奇怪為什麼以前沒想過這些。她心裡原本沉甸甸的東西像化作一陣風，悠悠地升騰，飄浮，遠去。

她吸了一口氣說：「對了，我有去看性諮商師，我好像有陰道痙攣的問題，現在好點了，不過諮商師說，人在性方面很容易發生問題，都是可以改善的，我覺得很不錯，也推薦你們考慮，其實我覺得每個人都可以去問問看。聽說男生也有很多性方面的問題值得諮商的。」

雖然艱難，她將眼神平均地分配給哥哥和姊姊。她很久沒有正眼看哥哥了，他大概也不習慣，閃躲開，乾笑著喔了一聲就去廚房拿水。而姊姊猛眨眼，像被強光射到。

「問妳東妳講西！管不動你們！沒有一個讓我放心的！命苦啦！」媽媽氣呼呼地挾

起一堆高麗菜。

「對啊媽，小孩真的太難管了，還是不要管比較好。妳早就該從『媽媽』的身分畢業了啦！」鄒育楨挾了青椒和牛肉，又舀上醬汁淋在飯上，嗅了嗅香味吃起來。

「畢什麼業，誰給我畢業證書！」

大家笑。這一笑，媽媽的臉色緩和下來。「不管啊！」她又叫起來：「妳們兩個趕快給我嫁一嫁！女人的青春有限，一下就停經了妳就完蛋了！生不出小孩看妳們怎麼辦！」

鄒育楨說：「拜託！停經有什麼不好，就可以隨時去廟裡拜拜了！」

媽媽一掌拍過去：「死小孩！」她飛眼看紅木桌上的相框，「妳爸就在那裡，講這些沒大沒小的話！」

「對了媽，男人流精液的頻率比女人流血高吧？爲什麼男人去廟裡都不用被攔下啊？」

媽媽又氣又笑，豁出去地說：「不一樣啦！男人那個，又不是一直在內褲上！」

「誰說的？聽說有很多男人其實也不會清洗，都留在內褲上耶？」

哥哥咳嗽了一聲，鼻孔不自然地撐大，舉起水杯猛喝。

姊姊朝鄒育楨嘖一聲，「鄒育楨妳怎麼搞的啊！講話這麼難聽，受不了耶！」

媽媽說：「哎呀，血太嚇人了，顏色比較可怕。」

「哪是什麼嚇人不嚇人啊，明明就是偏見。女人生小孩那麼痛苦，在古代還要被說產房不乾淨，超慘的。媽也是，都沒做過子宮檢查吧？要去。」

媽媽把嘴裡的食物一口吞嚥，喉嚨鼓動一下。「沒在用了，檢查個屁！」

鄒育楨噴笑，姊姊也噗嗤一聲，「媽！眞是的！」哥哥也笑。餐桌上還是很久以來第一次出現這麼鬆泛的氣氛。

□

鄒育楨獨自在海邊散著步，正想找個地方坐一坐，收到蕊秋傳來的簡訊。

鄒育楨和蕊秋都離職了，事件的後續她是聽蕊秋說的。蕊秋覺得人事部不可靠，直接把老闆告上了法院。由於沒有插入，老闆沒被判性侵，而是被判了性騷擾。八個月的有期徒刑，以易科罰金解決。雯雯的事則是不了了之，蕊秋本來很鼓勵她也去把老闆告上法庭，但她不肯，而安霓也說，雯雯既然和老闆維持了那麼多年的關係，勝訴的機率很小。但這一切都是旁人的自說自話，雯雯本人並沒有意願提告。

老闆也離開了，是自願請辭的名目。他老婆最終沒有和他離婚，一家人移居國外生活，因爲怕孩子在這裡無法生存。

讀完蕊秋的簡訊，鄒育楨回覆一個ＯＫ貼圖，接上「跟崇宇聚餐愉快喔」。

幾乎就在同時，交友軟體裡蹦出一條新訊息。是最近聊過幾次天的男生所發來。

「妳應該沒把全部交付出去吧？」

這是針對鄒育楨早前透露自己見了另一個網友的，他的答覆。

鄒育楨答：「？？」

「就是……妳應該有愛惜自己吧？」

「……」

大學快畢業時，鄒育楨交了第二任男友，交往沒多久，他就企圖觸碰鄒育楨的衣物遮蔽之處，她很快就提了分手。開始工作後的第二年，她認識了程紹軒。

鄒育楨還記得第一次躺在程紹軒的臂彎裡，感受到從未嘗過的溫馨和安全感。他輕熱的氣息呼在她臉上，催她睏倦，但她捨不得睡，想要久久地享受那溫存。她往部落格裡寫下詩意的心情：「你睡著的樣子像個孩子，多想長久地留住這寧靜的時光。」配圖是一朵盛放的乳白色玫瑰。發了文，她像封存了一件寶藏，安心地依回程紹軒身邊。當時她的部落格有兩個忠實粉絲，都是男生，總會在她的發文底下留下隻字片語。午覺醒來，她習慣性地點開部落格看，果然已有留言。

「『你』，是睡在妳身邊嗎？」

她微愣，被逮個正著的羞愧撲向她。憑什麼？他和她非親非故，卻行此追問。她自然不必回答，卻已經陷在遭到揭發的難堪之中。那是那個人最後一次留言。

一個握著氣球的小孩跑著跑著往前一跌，哇的一聲哭起來。哭聲止住之後，海滔聲湧入鄒育楨耳裡，在她體內生成另一片海。嗶嗶。手機又震動了，還是那個網友。「妳是個好女孩，我怕妳被騙，把全部交出去……」

她立刻往手機裡打字。「什麼叫全部？又不是古代人，婚後女人的一切財產權利歸屬丈夫。我的事業、存款、身體、思想，這麼多東西怎麼全部交得出去？如果你所謂的

『全部』跟我不同，那我們的想法有本質上的不同。慢走不送。」

刪掉對話，封鎖對方。

鄒育楨把手機收起來，環抱著雙臂靠在欄桿上。

「咦，妳是鄒育楨對不對？」背後有人叫她。

是個長髮女子，眼尾上翹，十分親和的眼神望著自己。她覺得有點眼熟，卻實在想不起她來。

「是我啊，小慧！妳記得嗎？我們一起唸幼稚園啊！」

鄒育楨這才恍然大悟，心裡的烏雲散開，不由自主地笑了。「小慧？晨明幼稚園的小慧？」不必等對方回答，記憶中的小慧和眼前女子的眉眼已合爲一體。

小慧大笑：「太巧了！不敢相信！有空一起坐坐聊一聊嗎？」

她們去了附近一間設計精巧的木屋咖啡店。外牆是一排排肉眼可見的木材，屋頂掛著一串燈泡，入夜後點了燈，很有一股童話世界的氣氛。

鄒育楨掃了一眼菜單，對店員說：「焦糖海鹽咖啡。」

「妳也喜歡焦糖海鹽咖啡？跟我一樣！」小慧興奮地說。

鄒育楨嘻嘻笑，「妳怎麼會認出我？太不可思議了吧！」

「拜託！妳可是我人生中第一個好朋友耶！怎麼會認不出來！可惜那時候科技還沒那麼發達，其實我也試過要找妳，但都找不到。妳是不是都不用社交媒體啊？」

「以前用過啊，上班後刪了帳號。但最近又開始用了喔。」

「我最近剛回來，去晨明幼稚園看了看，妳是不是有跟校長保持聯絡？她跟我說的。」

如今的校長是當年校長的女兒，鄒育楨幾年前爲他們和海外幼稚園的交流會做過幾次翻譯。

「妳最近還好嗎？妳說『回來』，妳是搬到國外去生活了嗎？」

「對啊，我跟我先生五年前結婚，我們兩個都不想要小孩，但妳也知道，在這裡生活的話，結婚不要小孩根本就會成爲衆矢之的好不好，所以我們乾脆搬到澳洲去生活，我先生小時候在那裡待過，一直很想回去。那邊華人也很多。」

「喔，你們不想要小孩？」

小慧笑笑，「不知道妳記不記得，小時候我媽都超晚才接我回家的，有我墊底，妳只能排第二！我到家後也是電視看到飽啊，從來沒有人管我。結果妳猜怎麼樣，我一畢業，我媽就跟我宣布，說她的媽媽職責就此結束，叫我以後沒事別去找她。是不是很誇張？」

久遠的回憶浮上來，幼稚園裡凹凸不平的地板，電視螢幕反射出來的重疊的身影，斑駁的窗簾濾過的濛濛夕陽……她看見兩個圓滾滾的身體在攀爬，亂跑。

小慧瞪大了眼睛說：「結果妳猜怎麼樣？我小孩都三個了！第一個女兒，第二個龍鳳胎！哇噻！」

「哇！恭喜恭喜。妳改變主意了？」

「對啊，是還蠻奇妙的，搬到澳洲之後反而沒那麼抗拒了。不過說真的，生了小孩之後就會很關注孩子的成長，我是當了媽媽之後才發現我爸媽真的很糟糕耶。妳呢？最近怎麼樣？」

鄒育楨笑了笑，說：「我喔，剛離婚！」

小慧略吃了一驚，隨後點點頭，「不適合？」

鄒育楨微笑著把浮在咖啡泡沫上的焦糖往杯底壓了壓。其實，她從來沒有喜歡過咖啡的味道。最早的時候喝個半杯就會心悸，後來喝習慣了，也只有拿鐵還能入口。可是和別人一起去咖啡店，她照樣會二話不說地點咖啡。她也不知道爲什麼，好像已經和喜好無關，沒那麼多道理可言了。

小慧又說：「至少有得選。」

鄒育楨想起了一件事想問小慧，覺得難以啟齒，低頭攪拌了一會兒咖啡，才說：「對了，我從以前就一直有個疑問，沒想到還有機會問妳。妳以前曾經跟我說過……」

「說過什麼？」

「說……」

「嗯？說什麼？好好奇哦！快點說啊！」

小慧的眉毛挑得高高的，專注地盯著鄒育楨看。鄒育楨注意到小慧的脖子上掛著一條月亮和星星形狀的塑膠珠串，明顯是幼童之作。

鄒育楨笑出來，「說妳看過鬼，是眞的還是假的啊？」

「哈？我這樣講喔？應該假的啦！哈哈哈，妳都不知道，我小時候有多寂寞！」

「我就知道！」

小慧喝了一口咖啡，咂咂嘴說：「眞的有夠好喝耶！當大人眞的很爽喔，想吃什麼想喝什麼都可以自己決定！不用求別人！啊不對，現在都有點反過來了，我吃巧克力吃垃圾食品都要躲著我的小孩耶！不然，他們就會臉靠很近，豎起食指跟我說，媽媽，妳吃太多零食了，這樣很不乖。」她爽朗地笑起來。

小慧看起來眞的好幸福，鄒育楨有種見證了奇蹟的感覺，笑著笑著，鼻子微微發痠。

和小慧分開後，鄒育楨回到海邊看夜景。夏末的夜晚涼起來也是眞涼，尤其是獨自一人站在海岸邊，很容易有種淒涼的感覺。遠遠掛著一彎月亮，墨一般的海面嘩啦嘩啦翻騰著一片片銀色的漣漪。耳邊盡是孩子們的追逐嬉戲聲，一對對情侶摟著肩來往她的身邊。空氣中飄浮著烤肉的香味。她的肚子咕咕嚷起來。在這裡解決晚餐嗎？還是回家吃？想到家裡已是空無一人，她的心像被冰水淋過一樣。離婚。她居然做了這麼大膽的決定。直到最後一秒都可以反口的，她卻沒有。直到現在都不像眞的。

脖子一陣冰涼。伸手一觸，是濕的。海水？海上的光像一雙雙眼睛一閃一逝。她想起一句詩，唸出口的倒是：「月黑見漁燈，孤光一點螢。」

風吹得她手臂直起雞皮疙瘩。她忽然極度渴望程紹軒就在身邊，為她加件外套。當年，兩個人第一次約會，吃過晚飯以後到附近的河邊散步。她覺得冷，下意識地抱住手臂，自己沒留意，倒是程紹軒注意到了，脫下外套為她披上，一邊羞澀地笑著說：「眞是瘦弱！」她不過因為始料未及，肩膀晃了晃，他就嚇得一跳，瞅著她，像是生怕她說出一句拒絕的話。她一笑，他才跟著笑得瞇起眼睛，像是徹底滿足了。那一刻，她就覺得他是那個人了。

一陣夜風拂過她的臉，夾帶著些許沙粒。她揉著眼睛跟自己說，她是自由的，她的未來就跟眼前的大海一樣，不可限量。然而她的一雙嘴角怎麼也吊不上去，反倒因為冷的緣故而兀自顫抖著。她騙不了自己——她迷路了，滋味比盲目更可怕。

惘然之際，一個低沉的聲音說：「還好嗎？妳怎麼哭了？」

鄒育楨轉頭看，旁邊站著一個男子，臉上漾著心疼的笑望著她。她揩了揩淚，淡淡一笑，答覆他。

《夾縫》完

後記

好久不見，跟你說一件事。

昨晚，在黑暗的房間裡，我脫下衣服，將平時包覆著的雙乳裸露在另一個人眼前。我與他肌膚摩擦，遮蔽的部位允他觸碰。我發出奇異的聲響，感受某種罪惡的快感，然後，然後，然後……他將他的陰莖，穿入我平時死守的洞口裡。

特意不使用引號或特殊字體，是爲了讓讀者產生非虛構場景的想像，彷彿有個朋友正坐在對面進行自述。若是不熟悉性別議題的女性友人，恐怕早已震驚得恨不得逃之夭夭。

性本身是罪惡的嗎？凡是自認爲成熟明理的成人，多半會對此提問搖頭。那麼，究竟爲何想逃？似乎也並不單純因爲性是隱祕的事，某種禮貌或避諱被打破那麼簡單。

那逃亡的衝動，源於更深層的羞恥感。

多年前曾讀過一篇文章，人類最難處理的情緒不是悲傷或憤怒，而是羞恥感。悲傷或憤怒會促使人表達自己，羞恥感卻使人壓抑自己。壓抑，也就意味著無法化解的困境。

這是我寫《夾縫》的第一個出發點。

如同談性就得談羞恥感，談一個人的價值觀就得談他的家庭。我們往往會將性施暴者想像成外人，將父母家人想像成保護者。但事實並非全然如此。一個人便是能倖免於被家人性侵，卻很難倖免於其迎合性侵文化的教育觀念——父母往往因為無力改變受害者有罪的風氣，而將潛在的傷害歸責於孩子，未料就此鬼使神差地攬下了幫凶的角色。

暴行的發生從不限於特定的社會關係，也不限於懷有惡意之人。這是我寫《夾縫》的第二個出發點。

在性侵文化裡，一個人需要面對的挑戰除了事件本身，更有自身的價值觀，以及親朋好友所組成的社會網路。那麼，當「自己人」一邊唾罵著施暴者，一邊價值觀又與施暴者為伍時，難道不會自成另一種暴行天堂？

二十出頭，我開始對心理學產生興趣。閱讀相關書籍帶來的永遠是一種先苦後甜的體驗：原本模模糊糊的傷痛被狠狠挖出，如果能熬過去，就能結束長痛中的苟活，迎來短痛後的解脫。

另一個收穫，便是意識到普世價值觀中的許多所謂「正常」，並不能眞正代表人類最自然的樣貌。若這種「正常」另有益處也就罷了，似乎也不然。從另一個角度看，若所謂「不正常」並不等於「缺陷」，我們是否就能更坦然地接受自己的眞實面貌？

回想起來，比起科學性質的書籍，我在更年幼時便已愛上閱讀小說的理由也與這脫不了關係。小說能讓讀者看見無限廣闊的世界，在有限的生活中遭到否認甚至羞辱的事，在書裡能得到證實，甚至雪恥。

閱讀的起點，原來是孤單。

孤單會令幼童更加難以處理自身偏離「正常」標準的所有感受，其中，最諱莫如深的莫過於涉及性的事。它簡直是萬惡之最，躲得遠遠的都來不及——躲得開也就罷了，偏偏，你願放過性性卻未必肯放過你，因爲性不會放過任何人。你可以消滅自己的感官，別人的感官卻由不得你消滅。談下去便不免進入暴力、權力的領域。

世世代代、層層疊疊的暴力制度產物如我，到底很難從一開始就意圖寫一部圍繞著性的小說。我不過是思考性別，思考暴力，思考權力，一切卻不知不覺地流向同一個濫觴。

那麼，來好好談性。

我卻無話可說。

這裡的我，指的是女性。

華人女性被要求談性，多半是無話可說的。因爲儘管性不放過妳，妳卻休想反擊。反擊就是助其一臂之力。在一場贏不了的戰爭裡，徹底躺平就是了，躺平雖然無法終結不被放過的命運，至少能將傷害降到最低。

相較於女性更容易被懲殺的舊時代，我們已一定程度地往前邁進，人類的神經系統卻總是落後於時代的腳步，今天的我們，仍然堅持自己無話可說。

說不出口，那麼來試試寫作。

撇開自娛自樂的情況不談，寫小說須得營造出誘人的世界，讓讀者心甘情願聆聽作者的聲音。若所書寫的是自己仍抱持意氣、傲氣的事，內容則難逃情緒的發洩，一種把自身訴求強壓於人的做法，像街上拉客，怕是會把讀者嚇跑。關鍵字是作者的自我和解，以心境上的富餘陪伴角色去尋找，而非搶先替其公布答案。

一向自視觀察力敏銳，寫小說卻迫使我看見自己慣性的焦點，焦點即是視角的局限。深呼吸，放下自己，拉遠鏡頭，熬出更多、更多的耐心，看到更廣的景色。最終呈現出來的成品，卻仍是面目全非的版本，因爲「無休的生活」不經過一番增刪和編排，無法在「有限的故事」裡得到展現——須得把生活整了形，才能展現生活。多有趣的矛盾。

在此過程中，我從作品的生產者成爲了被生產者，就所寫主題也獲得了超過預期的體悟。

如果閱讀的起點是孤單，回饋是陪伴，那麼，寫作是不是這種陪伴的延續？

書寫《夾縫》是一場摸黑行走的路，包含本篇後記的開頭亦然，不關閉早已深入骨髓的外界聲音不可能成行。那些露骨、赤裸的內容，拿到一般的社交場景裡都是不像話的聲音。幾乎是在意念中用枕頭蒙著腦袋，硬著頭皮逆風而行。完稿後，以第三者的身分回頭閱讀，卻沒有被冒犯之感。不知道其他敏感議題作者所釋出的抬頭挺胸、安然自得印象，是否也與其幕後樣貌有異？如是，勇氣大概就是這麼一回事，改變大概就是這

國家圖書館出版品預行編目資料

夾縫 / 倪艾翎 著.
— — 初版.— —台北市：蓋亞文化，2024.05
面；公分.（島語文學；9）

ISBN 978-626-384-059-1（平裝）

863.57 112019531

島語文學 009

夾縫

作　　者　倪艾翎
裝幀設計　莊謹銘
責任編輯　盧韻亘
總 編 輯　沈育如
發 行 人　陳常智
出 版 社　蓋亞文化有限公司
地址：台北市103承德路二段75巷35號1樓
電話：02-2558-5438　傳眞：02-2558-5439
電子信箱：gaea@gaeabooks.com.tw
投稿信箱：editor@gaeabooks.com.tw
郵撥帳號 19769541　戶名：蓋亞文化有限公司
法律顧問　宇達經貿法律事務所
總 經 銷　聯合發行股份有限公司
地址：新北市新店區寶橋路二三五巷六弄六號二樓
電話：02-2917-8022　傳眞：02-2915-6275
港澳地區　一代匯集
地址：九龍旺角塘尾道64號龍駒企業大廈10樓B&D室
電話：+852-2783-8102　傳眞：+852-2396-0050
初版一刷　2024年05月
定　　價　新台幣370元
Published and printed in Taiwan

ISBN 978-626-384-059-1

GAEA

GAEA